人の一生は「運」が八割
残る二割は「偶然」と「実力」

鈴木 陽
SUZUKI Akira

文芸社

初めに

人生、長生きしても、たかが百年間程度です。

泣いても笑っても人類の百五十年先の死亡率は一〇〇％です。

私は今まで統計学や歴史、医学、心理学などの専門的な研究をした経験はありません。

しかし、ただ言えることは「営業職」として長年「生身の人間」という生き物と直接面談し、おつき合いをさせていただいたお陰で、貴重な「人間同士」との接点から導き得た深層心理的知識にたどり着いた、ある種、結論のようなものを確信し、私自身の失敗した実体験などを含め、ここでご披露したいと思うのです。

文中には多少重複するところや、各界の名士の方に対して大変失礼な言い過ぎたところもありますが、あしからずご理解の上、あなたのこれから先の幸運なる人生のご参考の一部にでもなれば幸いです。

目次

初めに 3
一、人生は「賭博」と同じ 7
二、「運」と「能力」 15
三、何よりも健康が第一 23
四、たまたま、その家に生まれた 32
五、就職と起業 44
六、偶然と実力 53
七、性格は後付けで変えられる 65
八、時代の期待にちょうど当たる 72
九、創業者一族の長所と短所 80

十、「運」は待っていても来ない　89
十一、「ひらめき」と「思いつき」は違う　98
十二、先端技術を見つめる　104
十三、金の亡者は金で滅びる　114
十四、今の時代だからこそやるべきこと　120
十五、災害列島日本に住む「運」　128
終わりに　137
附　録　138

一、人生は「賭博」と同じ

八十余年の人生を振り返ってみますと、世の中、すべての面で「賭博の運命」の道を歩いてきていたように感ずるのです。

結論的に申し上げますと、たいていの事柄が「運」に左右され、自分の思うようにはいかないことが多いのではないかと思われるのです。

例えば「農業」を例に挙げますと、農作物を栽培したとして、丹精込めて一年をかけ育てようやく採り入れの時となり、運悪く「台風」などの災害を受けたりしますと、農家にとりましては、それが「稲作」「果樹」となれば、一夜にして一年間の苦労が吹き飛びますが、それだけではありません。

肝腎《かんじん》の収入減は必然となり、最悪の場合は一家の収入は全滅でしょう。また家屋の被害や家族にまで、直接身体にまで重大な影響が及びますと「天災だから」

と言って仕方がないでは済みませんね。

まず明日以降来年の生活が成り立ちません。

昔から日本は、あらゆる面で世界有数の「災害大国」と言われ、長期にわたり国や地方自治体などでそれなりの対策は立ててはいますが、かといって、すぐに災害に強い他の作物に転作したらどうかと言っても、長年にわたる無収入の生活や多額の設備投資を考えますとそうも簡単にはいかないのです。

日本人はやはり、なんだかんだと言っても、まだまだ「ごはん」は食べるでしょうし、春夏秋冬の時期ごとに日本各地に適した果物も実り、農家の日々努力と病虫害も無く運良く天候にも恵まれましたなら、日本は世界でも希に見る、おいしい各種多様な青果が採れる国です。

適地適作それなりの青果の有名な産地があり、多くの人が国産のおいしい青果を待っているのです。

将来、天候に左右されないＡＩ技術が取り入れられる時代になりますと、野菜や果物は一部で「野菜工場」「果物工場」なるものの大きな転換時代が来るかもしれませんが、これらはまだまだ先のことでしょう。しかし農業も昔と違い先端技術の向上により災害に強い新品種の開発はもとより、海外にも受け入れられる作物にも目を向ける必要も有るのではないでしょうか。

また、農業ばかりでなく、自動車産業が高度経済成長期にうまく「運」に乗って加速度的に発展した時、将来の増産に目をつけて自動車部品づくりを当てにして工場を建て、大手企業の下請として多くの鉄工業が参入しましたが、すべての下請工場が必ずしも順調に成長するはずはなく、多くの部品工場は技術不足や有能な人材不足など、肝腎の親会社自体が合併される例がありました。

当時の日産自動車とプリンス自動車が合併して日産プリンスが誕生しました。しかし数年のうちにプリンス自動車の名前は消え去り、元の日産自動車となりました。しかし合併による弊害か日産自動車本体の経営状態が悪化し、ついには経営陣を総入れ替え、社長にはかの有名なカルロス・ゴーン氏を外部から招き入れて再建を託しますが、悲しいことに運悪くプリンス自動車や日産自動車で長年会社を信じて一生懸命に働いてきた従業員を大量に解雇したのはご存知の通りです。

同じ自動車業界でも運良くトヨタ自動車は増産に次ぐ増産で、部品の下請工場などはきびしいコストダウンを半年ごとに要請され、繰り返しそんな過酷な大波を受けながらも合理化や最新鋭機械の導入などで切り抜け、たくましく生き残りました。その甲斐が有って今やそれらの部品工場は大企業にまで成長しました。

それぞれの部品下請工場は従来からの「トヨタ自動車にオンブにダッコ」の体質から少しずつ脱却を考え、自分の工場は自分で守る工場独自の新商品を研究開発するなど車産業のみにこだわらず、大企業に成長した自動車部品工場では、少し見方を変えたものを大々的に売り出す事業展開が始まっています。

この先の技術開発がうまく運良く軌道に乗れるかどうかは今後とも大いに期待されるところです。

一例として皆さんが現在日常的に使っている「ＱＲコード」は、自動車部品工場大手のデンソーの子会社デンソーウェーブ主席技師の原昌宏さんが、世界で初めて開発したもので、現在では全世界のあらゆるところで大変便利に活用され、日常的になくてはならないものとなっています。ノーベル賞とまでは言いませんが世界的大発明品と言っても良いでしょう。

これは部品づくりの優れた技術から生み出されたもので、トヨタ自動車に限らず新商品を独自で研究開発を進め、世界を相手に一歩でもリードしようとする証と言えるでしょう。

農業や工業のみならず飲食業やサービス業、娯楽業も、大なり小なり賭博と言えるのではないかと考えられるのです。

例えば飲食業も以前では考えもつかないほど常に変化していて、一昔前は家族ぐるみで「回転寿司」あるいは「焼肉チェーン店」を訪れていましたが、これらでさえ差別化も激しく、現在では集客力に欠く飲食店などは従来の店舗や方法を真似たりしますと、たちまち「自然淘汰」の憂き目を見るハメになるのは必然と言えるのではないでしょうか。

もちろん飲食店を開業される人などは、ズブの素人ではなく長年にわたり自ら腕を磨き、大いなる展望と自信を持っているのは間違いないでしょうが、お客様は今までのもの以上を期待し、あるいは斬新さを求めて来店することを忘れてはなりません。回転寿司に負けない独自の寿司店や安さばかりを強調する焼肉店にも、中身で勝負するなど生き残る方法は有るのではありませんか。

ところが残念ながら防ぎようのない「悪運」もゼロではありません。

飲食業は常に清潔も求められますが、令和の時代になり突然正体不明の難敵「新型コロナウイルス」の大流行、もうこれは「天災」としか言いようもありません。これらは日本はおろか世界中が恐れたもので大変に困ったものでした。

一個人としては、なんとも対処のできない最強最悪の悪運となり、多くの飲食サービス業が閉店の憂き目を見ることとなり、甚だお気の毒な、また防ぎようのないこんな疫病にはやり場もなく慰める言葉もありません。

会社の創業も同じく世の浮き沈みは天災を含めて常に起こっており、そのようなことから災害王国ならではのことに及びましても予測は不可能、やはり人生の八割ほどはすべてのことに対して運が左右していて、そんな天災に於いても、コロナ禍でも運良く立派に立ち直り、業績も残す企業や飲食サービス業も生き延びているのが現実なのです。

ある学者先生が本を出されました。その本の表紙には「運は100パーセント自分次第」という宣伝文がついていますが、私は関心を持って何回か読み返しましたところこの本は「朝と晩の一日二回お祈りをしましょう。そして結論的には毎日毎朝毎晩心からの良い祈りを捧げる、これを続けていけば脳は良い変化を遂げ『運の良い脳』になっていきます」と結んでいます。私は長年の経験上感じた事を付け加えたいと思いますが、いくら頭の良い脳科学的とはいえ、挑発するつもりはありませんが私はやや他力本願で、ある種、宗教観的なところを「運」と結びつけられているように思います。またこの文中では「私は運がいいです」と思っていると「自分は運が良いので絶対大丈夫」と自分を信じなさいと言っています。「運がずっといい人」には科学的根拠が有りますと言っていながら「運」「不運」と言うのは誰の身にも公平に起きていて、その運をどう生かすかに少なくとも人は主体的にかかわっていけると結んでいます。

まさに「運は八割程度」とするのが私の持論とするところです。

二、「運」と「能力」

私は以前から、ある全国紙の新聞にて連載中の「私の履歴書」という欄を読んでいますが、その中で、なるほど立派な大企業に職を得た人は、さすがに立派な方ばかりで大した経歴をお持ちだと毎回感心して拝読しているわけですが、大企業の名を汚さぬよう、多くの従業員を引っ張り、かつ経営を拡大して成功させるだけの能力があり、ご立派でうらやましい限りですが、そんな立派な方を支え続けられた従業員の功績は、あまり取り上げられておりません。

そこで自分自身を見つめますと、あまりにも大企業の偉い方と比べて大きな差のある存在に、どのようにしたらあんなになれるのだろうかと、あらためて考えさせられます。

ところが長年拝読して少し内容を冷静に振り返ってみますと、この方々に対して「文句」をつけるわけではありませんが、私のような大した経歴もない者から見ると、大企業にまで成長させた実績は大いに買いますが、「履歴書」の中に流れとして感ずるところ、私は多分に「運」が左右しているように思えてなりません。

なぜなら、その方が一代でゼロから出発創業をしたものではなく、その会社に運良く入社され、ちょうど本人の能力が発揮できる「舞台」があり、かつそれを後ろから支えてくれた大勢の社員が必ずおられたに違いないと感ずるのです。

「運も実力のうち」とも言われますが、それはその会社に採用された「運」と、入社後まわりの人たちが支えて下さった上でなんとか成り立っているのに、それがあたかも自分の「能力」だとか「実力」だとかカン違いなさっておられるのではないか。

大企業の社長や会長、あるいは重役の方が世間ではよく名刺の「肩書き」で見られます。他人から見てその自信に満ちた言いたい放題には少し見苦しささえ感ずるところです。しかし本人はいたって呑気でお気づきでない。私は時々思うのです。この履歴書の一部分はもしかしたら、秘書か誰か身近な方にお手伝いされたのではないかと。失礼でしたらお詫びします。

決まり文句は「オレのやり方に間違いはなかった」と「私の履歴書」には堂々と書かれています。

その記事の中で自慢たっぷりに語っている当の本人は生まれた時から親や親類筋に将来を期待され、幼少の頃から塾に通い、小中高と進んで、その結果、一流大学でも優秀な成績を残し、頑張ってこられたのは認めますが、それが何だというのでしょうか。

どんな特別な能力があっても、どんな事業でも一人だけでは何事も成り立ちません。めでたく入社されても会社が突然倒産と言う例は世間ではいくらでも有ります。

ご気分を害されるかもしれませんが、もう少し自分の周りを見つめ直し「運」

なのか「実力」なのかを冷静に見つめられる人、そんな人物が本物の「実力」のある経営者と言えるのではないでしょうか。

なかには会社の役員になり「大赤字」を出しても、新規事業や人材育成の失敗などの責任を他の重役から追及されても、自分の立場が悪くなったことは書かれず、表沙汰にはならぬように隠し、ただひたすら会社の規模を拡大した「成功例」ばかりを述べている人もいます。

ここで参考までに申し上げます。かつて昭和四十五年頃のことですが、ご年輩の方ならご存知の「金権政治家」として田中角栄総理大臣が活躍されました。一九七二年、歴代の総理がなし得なかった懸案である「日中国交回復」という大事業を自ら財界を率いて成功させた方でしたが、有名な著書「日本列島改造論」を発売。

田中角栄氏はこの本の中で「私は小学校を卒業しただけだが、この頃の役人たちは『インテリ』や『エリート』ばかりで、高学歴であるにもかかわらずみんな自己保身ばかり考えており、将来の展望がなさ過ぎる。世の中は激動しており、官僚が机上で考えるように世間はいつも平坦で公平中立ではない。たとえその時代に反対があっても、政治家はもちろん企業のトップは五十年後、百年後を考えなければいかん」

と言っているのです。著書の中ではさらに、

昭和四十五年頃すでに、太平洋側にだけ目を向けて発展させ、日本海側は後回しにして置き去りにすることだけはあってはならない。

そして都市ばかりでなく全国――北は北海道から南は九州の端まで――新幹線及び高速自動車道を建設して、都市も農村も不便を少なくする計画を打ち出したのです。それは過密と過疎の格差を是正し地方の文化も残しつつ利便性に優れた社会、つまり人口と産業の地方分散を図ること。

これは五十年先には日本の国民全体が切望するもので、たとえ時間をかけても毎年予算を組んで推し進めるべきであると述べています。

いわゆる悪名高い「日本列島改造論」ですが、現在から見て果たしてどうでしょう。

日本国中輸送の要の高速道路網となったではありませんか。

結局のところモータリゼーションによる物流が激増する中、高速道路は路線倍増、新幹線は北海道から九州まで延伸、当時の田中総理の言った通りになってしまっています。その当時は言ってはならないことの一つに太平洋側を表日本、そして日本海側を裏日本などと差別的とも言える言い方をしていて、国会でさえ「裏日本などに新幹線など果たして誰が乗るのだ」と言い迫る議員さえ居たのです。

もともとこの田中角栄氏の「日本列島改造論」には下地《した》が有りました。それは旧満洲で鉄道経営に携わった十河《そごう》信二氏が、昭和三十年ころすでに高齢でしたが旧国鉄総裁に就き「東海道新幹線建設」論を打ち出しましたが、当時の国鉄内部でさえ「夢物語」と冷淡に扱われ「エジプトのピラミッドと並ぶ愚挙」とされてしまったのを時を経て、田中角栄氏は、日本の将来に必ず期待される輸送手段として本にして発表したものです。

もしも仮に土木建築業だけが儲かるだけだと反対ばかりし、当時にとっては夢のようなその事業計画が実行されていなかったとしたら、現在の姿は大変なことになっていたに違いありません。今となってみますと、何と先々の日本の姿を描いていたのだろうと感心するばかりです。

これらの現実を見る時、政治家も実業家も今だけを考え、場当たり的にだけ対処するのは国家予算を無駄にするだけでなく、納税する国民への裏切りとも言えるのではないでしょうか。

特に政治家は、やたらと選挙対応にばかりエネルギーを使うのではなく、真に国民へ奉仕する精神を持ち、国家百年計画を作成するくらいの気持ちを持ってほしいのです。

そのために、いくつかの特権と大きな権限も与えられているではありませんか。

多くの国民は、そんな偉大な展望を持った政治家を待ち望んでいます。

現在の国会議員のうちで、果たしてどれだけの議員がこの日本の将来を真剣に考えていただいて居るのでしょうか。

私たち国民はよく考えて選挙権を行使するべきではないでしょうか。

三、何よりも健康が第一

どのような職業でも、仮に事業に成功しても、短命で終わるほど残念なことはありません。

会社ではトップを目差し、あるいは会社を創業し、前途洋々にきてこれから実力発揮という時、突然「心不全」などで急に亡くなられる有能な経営者や新規創業者の例もよく聞かれます。

音楽家の例を見ても大作曲家のモーツァルトは三十五歳、シューベルトは三十一歳で、多くの名曲を残しましたが、本当に残念なことにとても若くして亡くなっています。

ところで大企業の社長や会社の重役ともなりますと、多くの方々は健康維持に気を遣っておられ、意外にも「趣味はゴルフ」と答えられる方が多いように感じます。

それなら会社全員がゴルフをやれば良いと思いますが、確かに会社の仲間同士から会社有志全員によるコンペなども時々聞かれます。

ところがその中でも会社の取引先とのゴルフとなると、単なるおつき合いとは程遠い仕事の延長となりますので、いくら相手が下手でも取引先を立てることが鉄則です。

接待ゴルフは会社を背負っているわけで責任重大です。

単なる「健康維持のため」のゴルフではありません。

また社長同士であったり時には有名人や知人だったり、取引先の人とのおつき合いとなると「飲酒」の機会も多く、かつ「美食」になりがちです。

そのような方は果たしてどのような健康管理をなさっておられるのでしょうか。

ここで有名なお話。

少し昔の話題で恐縮ですが、土光敏夫という方をご存知でしょうか。

大企業で知られる電機メーカーの東芝が経営不振となった時、再建のために白羽の矢が立ったのが土光氏です。

経営に詳しく、当時いくつかの経営不振の会社の再建に成功し、「ミスター合理化」と言われた土光氏は重大な任務を快く受けられたのです。

土光氏の後ろには多くの従業員の生活がかかっています。

その土光氏の私生活は「朝食はメザシの焼いたものと、みそ汁とご飯一膳」。昼食は会社の社員食堂で、社員の輪に入り一緒に食事し会話をする。夜は会社の関係者との食事はいっさい断り、家庭にて奥様の手料理を召し上がっていたそうです。

夕食後、会社再建のプランづくりに専念、静かな場所で夜が更けるまで、思考し続けられたそうです。

そんな毎日でしたが、適度に運動もされて健康管理には人一倍気を遣っておられていたようで、そんな生活のおかげで、かなり長命で、さらには経営不振で困っていた東芝の再建にも見事に成功し、まさに「暮らしは低く、思いは高く」の立派な精神の持ち主でした。そんな困難きわまる要職を任せられた人生を送られた土光敏夫さんは、一九八八年八月に九十一歳で亡くなりました。

せっかく再建にこぎ着けたものの、後になって体も脳も健康第一の人材が望まれる大変重要な時期に、経営トップに着任した西室泰三氏が生憎《あいにく》ワンマンそのものの人物で、米国の原子力プラントメーカー大手の「ウエスチングハウス社」を買収したところ、間もなく巨額の赤字で経営破綻、経営者の資格を問われそのために赤字を隠そうと、事も有ろうに粉飾決算したのが発覚、とうとう本体の東芝自体があわや倒産の危機を再び迎えることにまでになり、その打開策として会社を三分割。

つまり一社は発電関係、エレベーター、二社目は半導体製造装置関係、さらには事業本体がもともと持っているところの技術力のある半導体製造関連と新規工場、三社目として日本政府も資金協力するところの株式管理として参加するなど、それぞれの分野で生き残ろうとして一応決着しましたが、まだまだ未知の面が多く、東芝自体は総合的に技術力と優秀な人材も揃っていますので、これ以降の活躍が期待されるところです。

いずれにしましても、現代ではワンマン経営は成り立たないでしょう。会社の方針決定など重大な変更の時は特に合議制にして、多角経営をするのは大きなリスクを伴うのを忘れないことです。

先発企業の智恵を借り、そこで下請企業も育て上げられた例もありますが、案外創業社長は気を張って毎日を過ごすせいか、意外にも長命であったりします。長生きするには「天命」さえも「運」として味方にし、そのような考えに基づき、知らず知らずのうちに健康にも気を遣うことが成功への道でもあるのです。

ここではっきりと申し上げなければならないのは、健康第一と掲げますと常に病気がちの人は多くの会社の場合、会社での重要ポストには就けられないのです。

言うまでもなく、さすがに当のご本人も、そのようなことには半ばあきらめにも似た気持ちで仕事をし、当然のように上司もそれらをよくチェックしていて、本人も上級指向になど前向きな人物にはなり得ません。そんな不健康な体で毎日仕事するのは精神的にも肉体的にもこの先の見通しが立ちませんので、やがては一大決心をせざるを得ない時が来るかもしれませんが、どちらを選ぶのかはわかりませんがせめて自分の体に責任を持ち、健康は自分自身で管理するほかないでしょう。

会社側としては常に病気がちの人には、責任ある仕事や地位を安心信用して任せられません。

突然ですが、ちょうど参考になる偉人がおります。

その人は徳川家康です。

徳川家康が生まれたのは日本国中が戦乱の真っ最中の時代でしたが、人質になったり裏切りに遭ったりしながら「運」を味方に「実力」を身につけ、なんとかそれまでの戦争に明け暮れた時代に終止符を打ち、その後は二百六十年もの長きにわたり、とにかく「平和な時代」を築いたのです。

家康自身は食事にも部下にも結構気を遣っていて、自分の体調がすぐれない時など、自ら薬を調剤して飲んでいたようです。

徳川家康の人生はまさに戦争ばかりの時代でしたが、そんな時に自分自身に対して次のようなことを心掛けていたと言われます。

一、何事でも勝ち過ぎない
二、無理を続けない
三、相手をトコトン追いつめ過ぎない
四、自分自身で手前勝手な振る舞いをやり過ぎない

以上のように自分自身の人生を過ごした数々の戦争から学び、心情として毎日の努力と忍耐が必要と決め、そんな自分の心持ちにも気をつけた結果を述べてい

ます。

そんなためか徳川家康は戦国の当時としては大変な長寿で「七十五歳」も生きたのはご存知の通りです。

晩年は静岡の駿府城に住み、自分は次なる跡継ぎに目を光らせても余計な口出しをなるべくしなかったと伝えられています。

歴史上の人物の評価は、あとになって新たな文書が発見されると、時には多少見解が変わってくることもあることを付け加えておきます。

そんなわけで、どんな職種であっても、朝から晩までとにかく「ガムシャラ」に働けば会社は自然に伸びるなどと思わないこと、人間は機械ではありません。

休息もすれば、適度に飲食、運動も欠かさず、ひいては「運」も寄せるよう努力し、穏やかに自分の体は自分で管理する、つまるところ健康第一で日々を過ごしましょう。一昔前の高度成長やバブル景気の頃は、欧米諸国から日本人は働き過ぎて亡くなるほどの事を「カロウシ」と言って、新聞やテレビで大々的に報道されていました。その言葉は欧米では「ヨクワカリマセン」と揶揄《やゆ》されましたが、そんな時代が過ぎた今でも時折新聞報道されるのは当時の事を教訓として生かされていないようでとても恥ずべき事です。

四、たまたま、その家に生まれた

昔でも現在でも、生家が世間から見たところ広い屋敷で、その上数々の会社を経営している家にたまたま生まれたために、家族の一人だからというだけで、若いうちから予定のコースが準備され、跡継ぎとして宝物のように何でも買い与えられ、やがて大学を卒業すると同時に直系の会社へ重役として迎えらえるケースは珍しくもありませんが、振り返って過去、日本の歴史的事実から見る限り、あらゆる職種において同じようなことが当たり前のように繰り返されてきたことがよくわかります。

先祖代代から小作人の農家に生まれれば、たとえ能力もやる気があっても、成人したら相変わらず小作人農家としか認められないことが当たり前の時代が数百年間続いていましたが、第二次世界大戦に日本が敗戦、占領軍により「農地解放」がなされたことにより、そんな制度がなくなったため、不在大地主の広大な土地は小作農民に与えられ、また、それまで日本の経済を牛耳っていた歴史ある財閥も解体されたのです。その財閥の代表として三菱、三井、住友があり、国民が知らぬ間に再興し今や誰でも知る企業となっています。話が大きく逸れてしまいましたがこの話をすると、二宮金次郎は小作人から努力して立派な功績を残したではありませんかと反論めいた答えが返ってきますので、その辺のことをご説明致しますが、あの二宮金次郎の銅像は薪を背に本を読み、歩きながら勉強したおかげで大出世された如く勉強や親孝行に励めば必ず良くなるなどと伝わってありますが、あれは戦前の軍国教育の一環で教育勅語を学び、奉安殿に一礼して毎日拝めば「誰でも努力すれば立派になりますよ」と国威発揚に利用しただけで、当時は日本国中の小学校にその銅像が建てられましたが、こんにちでは本など読みながら歩けば、それこそ「歩きスマホ」で通行人と衝突するか自転車にでも接触しかねません。

二宮金次郎という人物ですが、実際の話は、生家はもともと小田原の広大な農地を持ちながら多くの小作人をも使う大地主で裕福な家の坊ちゃんとして好きなように何不自由なく育ち、本も読み豊かに暮らしていましたが、天明三年（一七八三年）浅間山の大噴火による火山灰で田畑が埋まり、さらに土石流で川がせき止められてしまったために洪水も起きて、数年間にわたって米が不作続き、そのため餓死者も多数に上り、小作人より年貢の取り立てができなくなり、とうとう一家は没落、持っていた田や畑も荒れ放題のまま処分し、間を置かず金次郎の父母も相次いで亡くなり一家離散となって、子供の金次郎は近所のお手伝い養子として出されたのですが、元はと言えば農家とは言えてもその地では名家の出身で「お坊ちゃま」なのです。

一言で言えばやはりこれも「運」でしょう。

幾年月が過ぎ、やがて金次郎も大きくなり、元の家も田畑も人手に渡りましたが、田植えの時期は他人の荒れ果てた田圃を借り、近くの農家に余った稲の苗をタダでもらい、荒れた田圃を耕し、その付近の水路にまでその苗を植えたのです。

やがて秋の季節となり、実りの収穫時には大変豊作に恵まれ、金次郎は、とりあえずの食べる分だけは確保ができ、その収穫の喜びを味わったのに気を良くし、それ以来、数年間にわたって荒れた田圃を次々と借り、毎年わずかずつではありましたが、収穫した米を売りそのお金で田畑を買い取るなど金銭的に残るようになり、その余った少しの金銭でしたが、なんと商人の才覚もあったようで、若者にしては珍しく「米相場」に手を出して儲けたりしてその金を金次郎は他人に貸すようにまでなり、当然利息はしっかり取って徐々に金を集める半面、米作りに熱心な小作人には特別に鍬や鋤を、そして給金も与えてやる気を起こさせるなどの知恵を出し、金貸しで儲けるほどになったのが実情です。

金次郎は「運」を呼び寄せたのです。

それは世間の評判を呼び、そのことを知った当時の藩主が、金次郎のその実行力に目をつけて、財政の悪い藩の再建を命ぜられたのです。

金次郎は、そこの藩でも持ち前の「実行力」を発揮し、米の不作の年は年貢米を半分に申し立てるなど農民側に立った政策を行ない、短期間にて財政健全化に成功したために、とうとう藩主にまで出世したのですが、確かに金次郎の功績は大いに認めますが、その当時でも「台風」や「冷害」など天災が二年も続きますと、どこの藩でも財政は苦しくなります。

二宮金次郎は、もともと大地主の家で育ったのですが、成人すると農業で大成功し、余った金銭で、もう本業は「金貸し」のようになっていて、天災があっても直接的な被害はありませんので比較的安定した生活となるのでした。

しかし農家は一年を暮らせなく、小作人たちは生活資金が必要となると金次郎のところへ高い利息でも仕方なく金を借りに来る、そんな構図だったようです。

しかし二宮金次郎の史実をひもとくと、晩年になってから出世し幕臣にまで昇りつめ、日光神領の大開発事業の計画案の提出を命ぜられ、約六年もかけて計画案をまとめ提出、これが土地の武士たちから反対されボツとなるのでした。その理由はなんと「農家出身」というだけのもので、当時も農家は見下げられていたと記録が残っています。「百姓は生かさず殺さず」がまかり通る時代の象徴でしょう。

現在ではどうでしょう。

貧しい家庭に生まれた人は初めから負の遺産からの出発となり、家計上、当然、学習塾などは行けません。

自ずと学力もついていけず、もう高校卒業がやっととなり、早く就職し稼がなければ残った家族の生活が成り立たなくなります。

今時、大学卒が多い時代、高卒となれば懸命に頑張ったとしてもなかなか昇進とはいかず、ストレスばかり溜まります。また現在でもコネがまかり通る会社も多く見受けられるのも現実です。

会社にもよりますが、表向き「実力のある者だけ昇進できる」とは言いますが、実情は大卒でも名のある大学を卒業した人とそうでない人では、正直なところ大きな差別のあることも事実です。

その一方国立の一流大学出身というだけで出世のレールにうまく乗るケースはよくあることで、一般的に世の中では暗黙の了解と言うものが有り、いわゆる「表の面」と「裏の面」をよく理解しないと、貧乏人は、いつまでたっても出世など、非常に困難である例も多く見受けられます。

ところが世の中には強引とも思われるほど「運」を味方につけた歴史上の人物がいます。

もうおわかりでしょう。

戦国時代、尾張名古屋、中村の地で農家に生まれた、後の豊臣秀吉です。

たまたま農家に生まれた秀吉は子供時代から貧しい生活を送り、当時なら生涯小作人で一生を過ごすところでしたが、生まれもって人並み以上の才能がありました。

その頃、尾張の「新興勢力」で、近隣諸国を暴れ回っていた常識はずれともいえる若者として世間を騒がせていた織田信長に目をつけた秀吉は、何がなんでも家来にしてほしいと、あの手この手を使って近づいたのです。

初めのうちは顔を見るなり「サル、サル」と呼ばれ、使い走りに都合が良いと気軽に扱われるのでしたが、やがて持ち前の才能で「あまりにも気が利く若者だ」と信長の目に留まり、秀吉はこれをチャンスとして何事にも気に入られようと仕えたのです。

出世欲を人一倍強くし、しかも要領も良く、あれこれと思考したり策を練ったり忖度も忘れず、ついに信長について戦にもたびたび出陣するようになり、そのうちに、とうとう信長の信頼を得て、大名の名を与えられるように「運」を引き寄せるのでした。

振り返れば一介の農家の息子があまりにも桁外れの勢いで出世した姿は、「運」と「実力」の賜物と言えるでしょう。

時は戦国時代、信長の戦で各地へ出陣、足軽だけに留まらず、天性から持ち合わせた独特の手法を使い、運も良く、敵を倒し手柄を次々と立てているうちに、信長当面の敵を攻めるのに秀吉を総大将に上げるようになっていったのでした。

この時代、こんな例は滅多にないことでした。

ところが「運」は世の中が変わってしまうような転回を起こすことがあり、またそれを要領よく我が物とする人も存在するのです。

織田信長の命を受け、天正十年（一五八二年）西国備中の高松城を攻めていた時、たまたま豊臣秀吉のもとへ大ニュースが飛び込むのでした。

それは織田信長が京都本能寺に滞在し、西国方面に戦の準備をしている時、今まで長い間信長と行動を共にしていた家臣の一人、明智光秀が歴史に残る謀反を起こして織田信長を襲い、本能寺が炎上し、信長が自害したという報せでした。

その当時、秀吉は毛利軍との戦で和議の途中でしたが、とりあえず手勢二万を引き連れて、のちに中国大返しと言われる急遽京都へわずか十日で引き返し、その三日後に京都山城の山崎の地で、憎き主君の敵、明智光秀を討ち取り、後々になって歴史上有名となるこの戦がきっかけとなり、豊臣秀吉が天下一となったのでした。

秀吉はその後も天性の戦の強さと要領の良さで、次々と各地の城を攻めて和議を結び敵方を味方にし、ついには天下一となる話はあまりにも有名です。

織田信長の死後、「運」と「偶然」と「実力」を併せ持った秀吉の典型的な才能と言わざるを得ません。

しかし現実には、世の中こんなにうまくいく例は、ほぼ皆無と言って良いでしょう。

あの戦国時代であったればこそ、お手柄が見事に成功したのであって、もしも現代、あのような事件が起こって殺人事件であったなら、世の中はとんだ大騒ぎになること間違いありませんでしょう。

ただいつの時代でも常に勝者は何かと美化評価され、敗者となった者の扱いは歴史上悪者か、あるいは、ほとんど、それまでの功績があっても正当に評価されないのが常で、これはある意味仕方のないことでしょうか。

　ところが織田信長を討ち取った明智光秀が豊臣方に討ち取られたとする説にはその続きが有り、明智光秀は生き延び僧侶の身となって天海と名乗り、徳川家康に仕え日光東照宮の造営に協力したと言われ、その証拠に日光で一番眺めの良い地を「明智平」と命名したと伝えられるのです。実際日光東照宮の建物の中に明智光秀の家紋「桔梗紋」が有ると言う話です。

　特に歴史の世界では年代が過ぎますと、それまでの定説では良い評価であっても、むしろ、その逆であったような例も数々あります。

　近年言われているのは、天下一の豊臣秀吉は非常に残酷非情な武将であったという新資料もいくつか発見され、テレビドラマなどでは悪者扱いすることはほとんどありませんが、諸説あるにしても、少なくとも決してドラマで観るような善人ではなかったようです。

　時代背景を考えてみますと、戦国時代は群雄割拠の時代、いずれが勝つか負けるか、つまり「死ぬか生きるか」の時代として考えれば致し方ないかもしれません。

しかし、そんな時代でも、なかには「人間らしい武将」がいたことも事実としてお伝えしておきたいと思います。

実例としてお伝えした二宮金次郎のように、幼少の頃に父や母を亡くし、やがて一家離散となってしまい、これは初めから「運」だから仕方がないと諦めないで、最初からやり直すと心に決め、今に見ておれ、俺はこのままでは済ませないというくらいの気持ちを持つことを忘れずに、常に心掛けてほしいと思います。

五、就職と起業

高校あるいは大学を卒業しますと多くの人は就職しますが、希に卒業を機に起業をするという、ある意味で勇気のある若者もいます。

まず就職について述べたいと思うのですが、毎年のことで世相を反映し、時の話題で持てはやされた職種、つまりすぐにでも高収入を得られると、目先のことだけで考え違いの会社を選ばれる傾向が見られるのは、私としてはいかがなものかと思うのです。

よく新聞などでたまたまその時代に一時的に会社が儲かり給料が高いとか、一握りの芸能人に外見の華やかさだけで憧れるとか、近代では以前にはなかった「ユーチューバー」などはその典型と言えるでしょう。

自分の身の能力も考えず、大企業か公務員指向など、これらは私の偏見かも知れませんが、多くの場合、若者は楽をして高賃金を求めるため、重労働を伴う職業などは嫌われるのが現状です。

確かに大企業は滅多に潰れないし、公務員にでもなれば賃金よりも「役所勤め」という名前だけでなんとなく惹《ひ》かれるなど外見だけを重んじ、動機が今イチ若い割に積極性に欠ける気がしてしまいます。

もちろんそんな軽い動機ではなく、その会社の将来性だとか役所に入ってこれをしたいと魅力を感じて就職先を選ばれる方もおられるでしょう。

ただ言えることとは現在でこそ大企業であっても創業当時は、多くの企業は個人事業にて数名の小規模な企業から始まり、その後に於いては数知れぬ従業員の努力と時の運にも助けられた会社の歴史は、是非知っておいてほしいのです。

話を進めましょう。

就職と言っても、なかには家業を継ぐ例も忘れてはならないのではないでしょうか。

もっとも近年では家業を希望する若者は、以前から比べますと統計上は減少傾向で、特に日本の将来を担うべく必要不可欠と見られる農業をはじめ、日本古来の伝統技術の継承にはことごとく若者からは見放されているのではないかと、私は心ならずも将来を案じております。

魅力ある職業にするにはどうするのが良いのでありましょうか。

近代社会は物々交換で生計できた「縄文時代」「弥生時代」ではありません。必要とするものを手にするには金銭が最低限求められるのは当然です。

同じく企業でも資本主義社会では同じように利益を求められます。

日本の中小・零細企業に見受けられますが採算性を無視し、そのしわ寄せを労働者の不利益となるような負担に委ねるばかりでは持続できませんね。

はっきりと言えることは、お天気次第で成り立つ農業や高額の漁船にかける莫大な投資の負担と、さらに言いますと日本ならではの伝統技術の神社仏閣の宮大工など、大袈裟に言いますと他の産業以上に長年に亘り培った特殊技術とコツが不可欠です。

このような産業は世間の人たちがその価値を正しく評価されるかどうか、また若者が魅力を感じ受け入れられ、その結果として人並みの暮らしが成り立つか、あるいは西洋諸国のように政府がもっと積極的に補助金を出すかが重要な鍵となります。

おしなべて伝統産業でも陽の当たる産業もあれば常に脇役の産業もあり、それを若者が見てどうとらえられるかであり現状のみを見る限りでは、先に述べましたように若者は肉体労働を避け、外見上カッコ良い職業を選択しているように感じます。

私は若者にあえて問いたいのですが、自分自身が目標とした会社で何に挑戦してみたいのか、本人自身がただ漠然《ばくぜん》とした夢ばかり見ているだけでは仕事に身が入りません。

統計上では新卒社員のうち、一年後に調査しますと、なんと退職した人の割合は平均して三〇％から四〇％にのぼるようです。

では退職した人に問いますと、「自分に合わない」「給料が安い」など、どちらかと言いますと本人自身によるものが多いと感じます。

一度きりしかない人生ですから、もう一度自分自身の特長や才能を考えて、もう一押しチャレンジ精神を持って思う存分やってみませんか。

初めからパーフェクトを狙っても、そうは簡単にできるものではありません。ある覚悟を決めてベストを尽《つ》くした結果が期待通りでなくとも良いではありませんか。

そして次は少々のリスクを伴い、やや無謀かなと思えることにも、あえて挑戦してみるのです。その結果が良い方向へ仮に出なくとも、決して他人の責任としないことです。

若いから何事もやってみるのです。

少しお話が逸れますが、人類の歴史を少し学んでみましょう。

今から五万年くらい前に、今ある私たちの祖先ホモ・サピエンスはアフリカ大陸から移動し始めたのです。

その原因は地球の気候変動により新しい生活圏を求めたからと考えられています。

そして人類の祖先の一方はヨーロッパ方面へ移り進みます。

それが「ネアンデルタール人」ですが、この人たちは集団行動や仲間同士が生きていくための食糧を得るのが苦手で、狩りをするにも「道具づくり」をまったく考えず、いつまでも進歩のない人たちだったために、ついにその人種は滅亡したのです。

片やアフリカから東の方面つまりアジア、中国方面、さらにアメリカ大陸まで進んだのは「ホモ・サピエンス」という、世界中に生きる私たちすべての現代人の祖先に当たる人たちで、この人たちは進む途中で狩りをして集団で行動、また道具も単なる棒で殴るだけではなく石を加工して矢をつくり、さらには集団行動で狩りをして、次々とアイディアを出したおかげで生き残り、たとえ皮膚の色が違っても現代人はすべての人がその系統なのです。

日本に於いてもまず北方から縄文人が日本へ渡り、住居を皆でつくり住んでいたのですが、やがて南方のある方面から多勢の集団がやってきたのが弥生人で、彼らはなんと「お米」とその栽培技術も持ち込んでくれたのです。それが日本人のルーツです。

稲作はその時から日本で盛んになったと伝えられています。

お話は逸れましたが、我々の先祖は常にアイディアを出し、暑さや寒さや雨・風などにそれなりの工夫を考えて、今日まで生き延びてきたホモ・サピエンスなのです。

同じＤＮＡ、デオキシリボ核酸と言って体をつくる設計図をもっているのです。

したがって現在企業として生き延びて残っている企業は、それなりのアイディアを出し、実行して生き延びてきた大きな特長があったのに間違いはないと思います。

この先会社を起業するに当たりましては、先祖のホモ・サピエンスが考え抜いて生き延びたように、現状に甘んじることなく、常に新しいことや新しい考え方、発明や新しい研究開発やアイディアで生きるしかないでしょう。

もう、アナログだけではあまり進歩は望めないのではないでしょうか。

そうなればもう、ロボットや最先端技術を学ぶしかあり得ません。

「昔はこうやっていた」はもうムリ。

時代遅れと言われても仕方ありません。

今や「3Dプリンター」という最先端の装置で製作すれば、おおかたのもの、例えば、以前はとうていムリと言われていた「仏像」や「戦国時代の城」や「車の模型」などはそれこそ朝メシ前に出来る時代なのです。

人類は約七百万年前に地球上に霊長類に属するチンパンジーやサルの仲間から進化し、それが人類の始まり、その後も人類は進化したり絶滅を繰り返してきました。今現在、わかっているだけでも約二十種もの人類が消え去り、約三十万年ぐらい前になってようやく現代人に近い人類が誕生し、その生き残った者の一部は、ネアンデルタール人類として北欧まで進出しましたが結局のところ絶滅し、あとに残った現代のホモ・サピエンスが今の全世界を支配しているのでした。

私達の祖先、それは、道具を作りさまざまなアイディアにて生き残ったのです。そのような歴史から今やそのアイディアが求められる時代を生きて居るのが私達なのです。

「就職と起業」からはお話が大きく逸れてしまいましたが「ホモ・サピエンス」とは「知性ある人」という意味だそうですから、私達はとにかく常に先を考え、昔からの諺があるように「過去は変えられませんが未来は変えられる」の精神で前向きに物事を運び進め、就職してもすぐに諦めず、自分自身に対して真剣に向き合って将来を切り拓いてもらいたいと思うのです。あなたにもホモ・サピエンスの血が流れていることですから大丈夫ですよ。

六、偶然と実力

この辺で、身近な話題を取り上げてみたいと思います。

かつてスーパーマーケットの大成功者として、華々しく登場した「スーパーダイエー」の創業者の中内功氏は自ら胸を張ってテレビにたびたび出演し、「経済学者」などとの対談で「商売というものは頭を使って先を見据えるものだよ」と、インタビューで自信満々に答えている姿をはっきりと記憶しております。まるで時代の先駆者の如く、とくとくと成功論を述べておられました。

中内氏は戦後、アメリカへ行った時、ある店舗に入って驚いたそうです。その店舗では、買い手の客が自分で勝手に買い物カゴに商品を入れ、最後にレジスターで代金を払っているのを見たのです。

その当時の日本は対面販売で「魚は魚屋」「野菜は八百屋」「肉は肉屋」と、それぞれの店をまわって、その都度代金を払うのが当たり前の時代でした。

そこで中内氏は考えたのです。

この方法を日本にも取り入れれば、コストもあまりかからず儲かるのではないかと。日本へ帰り、そのままのやり方で早速店舗を開業したのです。

もともと中内功氏の家の商売は薬局で、あまり流行《はや》っていなかったのですが、「安売りの哲学」を身につけ日本で初めて自分の店から始め、細々とした商売の薬局を「薬の安売り店」から「安売りスーパーダイエー」として創業、薬以外、なんでも揃う店として一時は日本一の小売りスーパーに育て上げたのでしたが、あまりにも急激に店舗を全国に出店したために、ついにダイエーは資金繰りに困り、倒産寸前までに追い込まれ、なんとか生き延びようと考えた先は「イオン」でした。

今では企業規模を大幅に縮小し「イオン」の完全子会社です。成功体験をマスコミを始め大々的に持ち上げたため中内氏は自らを見誤り、いい気分になり過ぎかえってあだとなってしまったのですが、倒産こそまぬがれはしましたが、彼の意識の中では、常識人では考えてはならない哲学、「私とコンピューターと少人数のパートのおばさんさえいれば、なんとかなる」と放言するほど、負け戦でも負けを受け入れない人物であったのです。時代の成功者は常に謙虚でいてこそ真の成功者と言われるのです。

似たような例をもう一つ。

戦後は、人口は増加の一途、前述のようにダイエーが販路を拡大するのを見て、これはいける、一儲けしようと、熱海にあった小規模の八百屋でしかなかった店をなんとかしたいと思った和田一夫という人物がいました。

彼は銀行から多額の借金をして都市郊外に「大駐車場」を構え、その頃から日本も高度成長期で「マイカー」が全国的ブームとなり、広い敷地に大規模駐車場を完備した大店舗を「スーパーマーケットヤオハン」として開業すると、若者を中心とした品揃えで家族連れが殺到し、当初の予想をはるかに超えて大いに繁盛したのです。

「ヤオハン」は一躍有名になり、一代で全国各地に次々と店舗の進出を進めますが、和田社長は悪いことに自分には商才と先見の明があるという多少のうぬぼれもあり、俺は天下を取ったぞと思い込み、自分勝手な振る舞いを始めたのです。例えば会社の幹部はすべて「イエスマン」ばかりを登用。

幹部たちは各店舗の業績の好調さばかり報告し、社長は毎月一度、全国にある各店舗をまるで「大名行列」の如く、子分のような会社幹部を従えて見まわり、その店で気がついたところを、即時、その場の責任者を呼びつけ、なんと一昔前の軍隊か丁稚奉公の小僧を叱りつけるようなやり方で、お客もいる店舗の中で大声で怒鳴りつけ、くどくど説教に及び、それが常態化するのでした。

ところが会社幹部はこの様子を見ているだけで、誰一人苦言を呈する者はいませんでした。

とうとうブレーキの利かなくなったヤオハンの和田社長は、さらに店舗拡大を思いつき、大した展望や計画もないまま、欲深く現実の足元もよく見ずに大胆にもまたまた借金をし、思いついたのが海外進出でした。

いくら国内で成功したとはいえ、中国を狙い、またブラジルにも手を伸ばし国の成り立ちも研究調査せず、外国の市場はただ人口が多いというだけで爆発的に売れるだろうと簡単に考えて、おそらく、俺はついに海外進出したと内心満足し、まずはブラジルに一号店、次には中国一のスーパーマーケットを出店するのでした。それはそれは自信満々で「俺はついにやったぞ」と天下を取ったとでも思ったのでしょう。

しかし、イエスマンばかりの幹部連中は、社長の暴走とも言えるこの出店を誰も止められなかったのです。

その勢いが最高の時、テレビで対談の様子を見た視聴者は、誰が見てもあまりにも見苦しい程、消費者を見くびったような態度に何を感じたのでしょう。

もちろん一代にして、とてつもない大規模スーパーを育て上げたのは確かに認めますが、「テレビ」という媒体での放言は、いささか将来を危惧せざるを得ません。

果たせるかな、その賭けに出たともいえる中国一のスーパーマーケットの、予想をはるかに下回る業績と大きな借金は会社の大きなダメージとなり、とうとうヤオハン中国店は多大な欠損を出し大失敗の結果にて撤退、言うまでもなくブラジル店も「倒産」という最悪の結果を招くのでした。

世間では「あのヤオハンが」と大きな話題となりましたが、原因は過剰投資、強引にして猪突猛進の経営判断、さらには成功者に共通するおごりと、他人の意見に耳を傾けない態度でしょう。

ヤオハンに限って言いますと、和田社長は身のほど知らずで世界的チェーンストアまで考えていたようで、最後まで最悪の結果を考えず、それが失敗した原因でした。

熱海の八百屋から始まり、それが偶然時代が助けてくれたことを「実力」とカン違いしたことを認めたくなかったのでしょう。

結局、会社を助けようと無理やり嘘を詰め込んで税務署に粉飾決算したのがバレ、実の弟が逮捕されるというおまけまでついたヤオハンの最期の姿でした。

また、一代にして成功した例は大企業も例外ではありません。

その大企業は、知る人ぞ知る「ソニー」です。

社長の井深大氏は戦前測定器会社を設立しましたが、軍事技術の研究会の席で、当時海軍技術将校だった盛田昭夫氏と出会い、すぐに意気投合し、井深氏の設立した会社が苦境に陥ると、盛田氏は無給で協力したのでした。

戦後二人は二〇名ほどの人員で今で言うベンチャー企業の「東京通信工業」を創業、「どこにもないものを生み出し、新しき未来を切り拓こう」と井深氏と盛田氏はアメリカに行き、先進技術を見て驚いたのでしたが、やればなんとかなると二人は協力して、ついに国産初の「テープレコーダー」と「トランジスタラジオ」を開発、これは予想以上に売れ、一躍、日本中を元気にしたのです。

戦後、日本人が自信を失いかけていた時、運良く時代に乗れたものの、自分のやり方が正しいと思っていても、会社は社長個人の持ち物ではありません。

そして事業にはつきものですが、自分は先を見通しているから大丈夫と思っていても、そこには大きな落とし穴があり、「偶然」という「味方」がついているからだということには、会社が表向き順調にいっている時は気づかないものです。

いや、わかろうとしないから冷静さを欠き、後で大きなケガをするのです。

偶然、高度成長期と時期を同じくして売上は成長を続け、たまたま新製品も順調に伸びて、重なり合った為に莫大な利益を計上したのです。

当時は飛ぶ鳥も落とす勢いで世界的に名を上げたソニーは、アメリカでも超有名メーカーにのし上がり、誰が仕掛けたのか、事もあろうにアメリカで稼いでアメリカのコロンビアピクチャーズを、一九八九年に六七〇〇億円で買い始め、次々と手をつけるのは「少しやり過ぎではないか」と批判する人も多く、三菱地所も一九八九年十月、アメリカのシンボルのひとつ、ロックフェラーセンタービルを一二〇〇億円で買ったことなどが矢継ぎ早に明るみに出て、とうとうアメリカ政府の耳に入り、日本のやり方に苦々しく議会でも問題としてとり上げられ、あのソニーはいったいどこまでやるのか、日本人も心配し始めたのです。

ところが当のソニー首脳陣は「どうだ、日本はこんなに力があるのだぞ」と言わんばかりであったと、アメリカ側の報道機関から警鐘をならされるまでになったのです。

ソニーは戦後二十名程度の零細企業「東京通信工業」として誕生したベンチャー企業であることを忘れてはいけません。

ソニーは、はっきり言って狂ってしまったのです。

案の定、その最盛期を過ぎ、数年もせぬうちにソニー本体は業績が悪化、一時買いあさったビルなどを次々と手離し、かつての勢いは夢のように敗れ去りました。

やっと気づき始めたソニーは、近頃になり従来の技術者と各分野で活躍、多角経営で、ようやく夢からさめるような状態です。

当時の日本はバブル景気で、なかでも一九九一年にはホテルニュージャパンのオーナー横井英樹氏が、アメリカを象徴するエンパイアステートビルまでも二二〇〇億円で買収するなど日本中が狂乱していたのです。

そこで取り上げねばならないのは、一昔前まで、コンピューターと言えば、まず第一番に「ＮＥＣ」を挙げるのが当たり前でした。

新製品を売り出すと次々に売れ、店舗では品薄となる製品が続出し高値で取引されたりしていたのですが、その技術に過信したのでしょうか。

新技術の開発をおろそかにしているうちに世の中の進歩はめざましく、アメリカのアップル社が中国でスマートフォンを製造して全世界的に発売。

これが世界中で爆発的に売れたのです。

ポケットに入るほど小型軽量で、今までの「ＮＥＣ」で操作するくらいの機能は、今までの操作より簡単にこなすような機種も揃え、さらには技術的にも知らぬ間に追い越されていったのです。

もう以前の「ＮＥＣ神話」は通じません。

完全に敗北そのものです。

「ＮＥＣ」が現在の技術を革新して最先端の半導体を手にしなければ、もうそれ以外を狙うしか方法はないでしょう。

最近のＮＥＣの活躍を見ますと人工衛星の探査機や海底ケーブル、それに身近な製品としては生体認証技術など、新しいサービスを提供して居ります。もちろん従来の技術でノートパソコンも製造しています。

運に恵まれている時に、その運を味方に技術革新に取り組まないと、今現在の苦境に追いやられてしまうことを真剣に肝に銘じておかなければ、もう、どんな企業でも敗北の運命となるでしょう。

ましてや大企業となれば、そこそこの人材はいるでしょう。

常に技術力を高める開発力こそが競争社会を生き抜くには、毎日が死ぬか生きるかの勝負であることを、会社全体、ぬくぬくと昔のように、「日暮れ、腹減り」では生きていけない時代に突入してしまっているのです。

日本の技術水準からみて、今からでも決して遅くはありません。

会社の創業当時の理念、やり遂げる思想を、今から挑戦するのです。

すでに基本的な技術は、多くのメンバーが残っている今のうちに、全員が一致協力することを大いに期待するところです。

七、性格は後付けで変えられる

世の中、個人的にそれぞれですが、時々あの子はもともとあんな性格ではなかったとよく耳にします。

確かに健康上、生まれつき表現力に欠け、なかには「発達障害」によるものが原因の例はあります。

しかし多くの場合、その立場になり、必要にやらざるを得なくなれば、猛訓練で無事なんとかなるものです。その本人自体も何とか自信と言うものを持ちましょう。

それは私自身の実体験をお話しすれば「ああ、そうなんだ」とおわかりいただけるかと思いますので、この辺で恥ずかしながら書き記す決心を致しました。

私の小中学校時代ではクラスメートのみんなから「しゃべらなく暗い感じのヤ

ツだ」と嫌われ、とてもつらい思いをしたものです。そんな時代を過ごしたために小学校、中学校の友人はほぼいません。

私は生まれつきだから仕方がないと目立たないまま過ごすのでした。ところが高校に入学すると、担任教師から半ば強制的に「生徒会役員」や「部活の責任者」にされ、私とすればまだ新入生の身で、その部活の中にはすでに上級生もいるのに「なぜ俺が」と大変戸惑いましたが、教師の指示となれば断るわけにはいかないと思うのでした。

そのために、人前で発言する機会が徐々に増え、部活まで曲がりなりにも何とかまとめることになったのです。

したがって今まで暗い性格だと思い込んでいた私も勇気を出して、大勢の中ではなんとかして明るく振る舞い、自分から提言を先輩たちに丁寧に説明し、納得してもらいながら気持ちよく事業を成功するように、積極性が不思議と出るようになりました。

なんとか生徒会主催の各行事もこなし、就職活動の時期に自分の将来を決めることになり、かつての内気で暗かった自分の希望する職種は、かつての自分の性格とは正反対の、なんと「営業職」と履歴書に書き込む勇気がついていたのです。

これが私の初告白です。

万事が消極的で入学しましたが、各種の活動を経験させてもらった私も高校三年生となり、小規模の商社の面接試験を受けて採用され、以後、営業職として四十年近く籍を置き、高校時代に学んだ経験を活かす、そんな営業をする中で「人間の心の内」を読み、時には大企業の重役や社長と直に面会するなど、今までにない人間のドラマの意外な展開や発展もごく自然に受け止められるようになったので、どのような時でも生まれつきだから絶対できないと思っていた方も、決してあきらめなくとも大丈夫です。

もちろん多少の努力は必要ではあると思いますが、私の経験上、どなたにも当てはまるものと確信するものです。

良い例を申し上げたいと思います。

大手不動産会社の三井不動産の以前社長をされた江戸英雄さんのお話です。

この方は社長に就任した時の演説で「自分は社長になどなれる器ではありません。一介の営業の仕事を自分なりに努力は致しましたが、仕方なくといっては大変失礼ですが、他に優秀な方が揃っているのに社長を引き受ける方がおらず、私のような半端者を社長にして会社として試すためなのでしょう」とまで言い放つ方でした。

この江戸氏は戦争で東京が焼け野原になり、復興もいつになるか誰もわからない時、空地の持ち主を捜し出し「この先の日本自体が、どんなになるかわかりませんが、もしもこの土地を手放す時には必ず一声かけてくれませんか」と名刺を差し上げ、また他の地に行き、同じく焼け野原にて「もしもお気が向きましたら、決して悪いようには致しませんからムダと思わずご一報下さい」と言って、また名刺を差し上げ、「私の仕事は名刺を配るのが仕事だった」と回顧しています。

考えてみますと、当時は本当に日本の将来など考える人は、役人かそれ以外の公務員ぐらいのもので、今日のメシの心配をする人ばかりの時代でした。

戦後焼け野原だった東京も少しずつ復興するのですが、江戸氏は先見の明があり、東京は必ず発展すると考えて「東京ディズニーランド」のオープンに尽力し、三井グループの中でも、かつては会社のお荷物とまで言われるほどの地位の低い評価だったのに、時代の発展とともに現在では三井不動産を三井御三家の一角に押し上げたのです。

また教育にも熱心で、「桐朋学園」を名実ともに名門大学にまで発展させる一役を担ったのでした。

まさに「運」に恵まれましたが、江戸氏の努力が見事に実った実例です。

この江戸氏の社長就任演説からも見えますように、自分自身を律し、決しておごらず、昔の焼け野原で足を棒にして歩いた時のことは、江戸英雄社長自身の血の中で脈々と息づいていたと言えるでしょう。

ただ、世の中は猛スピードで変化をしています。

本題からお話がややそれますが、現在では少しもノンビリとはしていられません。

一ヶ月もすると、もうそれを乗り越える新技術に負けてしまい、昔はほぼ無理であろうとしてきたものが今では現実としてできてしまう。

特に科学技術の進歩などは半導体を使う人により、この先平和的になるか戦争になるかが大きな問題となります。

さらに新たな物質が見つかったりしますと、地球物理や新しい医療機器が進歩、不治の病が治ってしまうのはもう間近になっていて、冬眠状態で体温を低下させた人間を、数年後に再び体温を元に戻し目覚めさせる技術などは、もう珍しいことではなくなるでしょう。

日々新しい情報を常に集めていないと、すぐに遅れてしまう時代です。

「俺は長年このやり方で生きてきた」といつまでも考えていてはいられない時

代となりました。

世間、いや世界のスピードに乗り遅れるか、もしくは最先端技術にて、どのような職種でも研究開発と、これから先の日本の人口減少に伴い、いかに適正に事業に投資するかも必要になると言えるのではないかと思うのです。

そのヒントは間近に迫っています。

そうです、「地球温暖化」は世界中で「大洪水」や「大規模な山火事」、そして異常な熱波、地球の砂漠化等々、昔はこんなことはなかったと人々は言います。

今までとはもう違うのです。

この項の「性格は後付けで変えられる」の通り、今まで通りではダメなのです。

今、地球が悲鳴を上げています。

どんな産業でも臨機応変に、身近な問題として地球環境に対する新たな技術革新をする、今がそのチャンスと言って良いでしょう。

八、時代の期待にちょうど当たる

現在、名のある大企業なら、恐らく例外なく一度や二度「倒産の危機に見舞われた」ことはあるでしょう。

今では世界的な規模を誇るトヨタ自動車の例を挙げましょう。

昭和十年、発明王と言われた豊田佐吉が「将来は必ず自動車の時代がやってくる」と予見し、当時としてはまだベンチャー企業として豊田自動織機の工場内に自動車部をつくり、長男の喜一郎にその夢を託して自動織機の「特許権」を売り、その大金をもって国産乗用車づくりに賭けたのが始まりです。

工場用地は広大に取り、車づくりを始めますが、その当時の車の性能ときたら日本のデコボコ道では車は故障続き、そんな車では販売は低調でした。

間もなく太平洋戦争になると軍部より「トラックをつくれ」と命令され、乗用車づくりは敗戦になるまで中断、そして、戦後になり国産初の乗用車としてトヨペットクラウンの製造発売を始めましたが、当時は乗用車など国民の所得から見ると高価格でまったく売れず、また売れた車も故障が相次ぎその為とうとう資金が底をつき、資金繰りに行き詰まり従業員の給料が払えなくなり、会社は「倒産状態」となったのです。当然賃金は遅配かもしくは払えず。

労働者は「ストライキをする」と通告、会社側は希望退職者二千名を提示、当然労使は対立、二ヶ月に及ぶ話し合いの結果、豊田喜一郎の退任を条件に、労働争議は会社存続のために涙をのむ形、つまり二千名の従業員の首切りでようやく終結するのでした。

まさにトヨタ自動車が倒産寸前の実際の話です。

しかし、その争議が終わった直後の一九五〇年に突然知る人ぞ知る「朝鮮動乱」が勃発、朝鮮半島に連合軍としてアメリカ軍が参戦、戦後不況の中、日本が復興するチャンスとなりました。

その時に米軍より、車の生産実績のあるトヨタ自動車に、傷ついた戦車の修理及びトラックの修理と新規にトラックの受注が舞い込み、その台数はなんと四千台以上となり、幸いにも生き残れる見通しがついたのです。果たせるかな戦争が終わって全国民がヤレヤレと言う時に、奇《く》しくも軍需産業の会社にて生き返るとは、とてもやる瀬無い気持ちも心の隅に有ったことでしょう。

死にかけていた会社は倒産を避けるために大手の銀行から大金を借金していて、その時の借金によるつらさを会社経営からいやというほど学び、そのことは絶対忘れることなく、その後は「無借金経営を続ける」のでした。

また今では誰でも知る「ホンダ」は、創業者「本田宗一郎」氏は技術者としては超一流ですが、ワンマンとしても超一流で、倒産の危機を二回も経験、また幸運にもその度に能力のある取り巻きの人たちのおかげで、二度とも生き延び今日に至っているのです。

アイディアマンの本田宗一郎は戦後、焼け野原に一杯捨ててあった鉄屑の中から、戦車に取り付けてあった無線機用のエンジンを拾ってきて改造。それを自転車のエンジンとして取り付けて、最初は奥さんに乗ってもらい、たいへん便利との話に、これはいけるかもと考えたのです。

そのエンジンつき自転車は「バタバタ」と言って町中の話題となり「売ってくれ」という人たちが押しかけ、これに気を良くした本田氏は大量に生産、面白いように売れに売れたので、この先の売上向上間違いなしと考えて、早速当時の会社の規模からみても、あまりにも多額の設備投資を行ない、アメリカから最新鋭の機械を数十台も輸入しました。ところが当初の見込みより売上は低下、とうとう資金繰りが悪化、下請業者から部品代金の支払いが悪いと苦情が殺到、振り出した約束手形の決済が困難となり、「倒産の危機」を迎えていた時、後に大物になる「河島喜好」という、技術にもカネの扱いにも優れた大卒のバリバリが入社してまさに救世主となり、入社間もない立場ながらこの苦境は銀行から最大の融資を受けるしかないと決め、新型のオートバイの開発に本田宗一郎氏は持てる技術をすべて注ぎ込んで、新たに開発したのが空冷最高馬力エンジンです。

これが見事に当たって販売も好転し、なんとか倒産の危機を乗り越えたのでした。

本田宗一郎はオートバイでは世界一にならないと承知できないと改良に改良を重ね、イギリス領の「マン島レース」にはたびたび参加していましたが、昭和三十六年、とうとうホンダのオートバイは世界中のオートバイメーカーを相手に一二五ccと二五〇cc部門で参戦し、両方とも一位から五位までを独占。

世界グランプリの二クラスの部門でトップを独走し、完全優勝となるのでした。

そして本田は乗用車にも進出、特に軽乗用車では大評判で売れに売れていて、どうしたことか、そんな時に突然悪いニュースが飛び込んできた。ハンドルの不備だったでしょうか、アメリカで事故が起き「欠陥車のホンダ」のレッテルを貼られて大問題となり、アメリカでの販売はガタ落ちしその影響か本田車は日本国内でも売上が激減、それが長く続き財政状況が悪化、またも資金繰りが悪化。

とうとう二回目の「倒産」の危機を招くのでした。

その頃またまた運命的ともいえる優秀な人材、藤澤武夫氏が入社してきました。

この人は後年、アメリカ自動車の殿堂入りまで果たした有名な人です。

マン島レースの頃でしたが、経営や経理に詳しく、ワンマン社長本田宗一郎氏を持ち前の江戸弁でうまくコントロールしますが、藤澤武夫氏自身、実際のところは本田氏と同じ短気な人でした。が、多くの従業員とコミュニケーションを積極的に図り、うまくまとめる才能も有り、これもまさに幸運と言えるのではないかと思います。

ほかにも多くの優秀なスタッフがいましたが、本田という元町工場の会社が倒産の危機を二度も乗り越えられたのは、そのようなスタッフに恵まれた「運」だったのかもしれません。

皆さんはご存知の通りホンダはオートバイに満足せず、時代にマッチした乗用車も世界各地で生産販売し、本田宗一郎の夢だった飛行機の製造開発も手掛け、正真正銘「ホンダ航空機」という会社を立ち上げます。

　本田宗一郎氏は一九九一年に八十四歳で亡くなりますが、二〇〇六年、ついに自家用ジェット機「ホンダジェット」の販売をアメリカで開始、「ホンダエアクラフトカンパニー」にて製造販売、小型ビジネスジェットとしては売上が五年連続世界一位で、その内訳は日本で十六機、世界では二百機も売れているのです。その購入者の中には俳優の「トム・クルーズ」氏も名を連ねています。

　若かった頃の本田宗一郎は技術的には超ワンマンでしたが、運が味方したのか後継者づくりには早くから気を遣っていて、オートバイも乗用車も生産するのには一人の天才技術者だけではなく、日々努力を重ねて集団指導体制をつくり、生え抜きの功労者でもある河島喜好氏を二代目の社長に据え、さらなる発展が期待されるところですが、その河島社長以後もそれぞれ個性ある優秀な人が社長を引き継ぎ、最近では地球環境の世論にも倣い、電気自動車、それもアメリカの車メーカーと協力しながら、運転席のない乗用車、ＡＩを使って自動運転を目指し、電機メーカーの持つ先端技術ソフトウェアを使い技術協力をしながら、近年のうちに販売を見込んでいるようです。

今お話し致しましたように、会社が苦境の時に優秀な新入社員が忽然と現れる「運」はもしかしてよく考えると、どの企業も運命的直観を見逃して、しっかりとつかみ切れず流されてしまっていたのではないかと思うのです。

その辺が理屈では説明できないのです。

やはり「運」は目には見えない不思議な「何か」が引き寄せてくださり、その結果が、倒産するか生き延びるかの分かれ道のように思います。

九、創業者一族の長所と短所

現在、日本の大企業と呼ばれる会社の中で「創業者一族の同族経営」として成り立っている会社は非常に少ないようです。

もし未だに同族経営で成り立っているとすれば、これはかなり「運」が良かったと言えます。

それは「親の七光」はいつまでも続かないからです。

確かに創業初代の親御さんは血の滲むような不眠不休の努力に努力を重ねた末、財を成したものでしょう。

その親の姿を見て育った子供は、多くの場合、その事業を我が子に継がせたいと思い、子供の望むものをすべて買い与え何不自由なく育つ例が多いようです。

問題は、その子供が成長し跡を継いだあと、つまり孫にあたるところの三代目です。

当然のように創業者の跡を継いだ二代目はボンボンに育ったため、その子供の三代目は二代目の生き方しか知らず、もうその頃になると初代の創業者の苦労のことなどはまったく知らないため、たとえ努力しようにも、その事業を、どのように経営すれば良いのかは知りようもないのです。

よく世間で「三代目にして散財する」と言われるのは、そのような背景から起こり、初代はもちろんのこと、二代目も最大の任務は「後継者づくり」なのです。したがって後継者はできるだけ「血縁関係」がなく、会社内で努力した経験と能力のあるナンバー2か、考え方のしっかりとしたナンバー3を責任者として育て、会社の発展を託すことが是非とも必要となります。

よく街では「明治何年創業」とか、それ以前の年代の「老舗」を見かけます。

確かに長年にわたり倒産もせずに延々と営業されていることには敬服致しますが、果たして企業としてどうでしょう。

確かに大昔から店を続けられ、儲けも少ない中でよくぞ長年にわたり細々と営業しているので、その企業はダメとまでは言いませんが、時代は猛スピードで変化進歩し競争も激化、近年では日本国内ばかりでなく外国製品とも対等に向き合う苛烈な競争です。

言い換えれば生きるか死ぬかの時代で創業が長いというだけでは何代も同族で引き継ぎ、遅々として歩むのには、多分それなりの価値が必要とされる企業なのでしょう。

しかし、資源に乏しい日本の将来を見渡すと、若者が職業選択をする場合「将来性、発展性、あるいは最先端企業」を選択されるでしょう。

時代はいつでも変化しているのです。

例えば一昔前の履物は「木製の下駄」と相場が決まっていて、なかには職業上「雪駄」や「足袋」でしたが、今では特別な場合にのみ必要とされています。

これらの職種に果たして将来の発展性、未来を描けるでしょうか。

また、「着物」も同じように生活自体が洋風化していて、これも特別な慣習や、ある流儀、流派での公式的伝統を重んずる場合などには一定の需要があるでしょう。

このことからしても将来性は果たしてどうでしょうか。

私が考えるところ、本来は「和服の文化」は日本の宝としても是非残しておいてほしいものですが、これらの職種も同族経営で成り立ち、したがって老舗が多く続けられております。

しかし世代交代により、他人か、変わったところでは、外国人などで話題になる店舗に変換する場合もあります。

例えば「工芸品」など思い切って斬新なアイディアで外国人向けのデザインを考える、あるいは考え方が新鮮とか、奇抜さを取り入れて知恵を借りれば、新しい販路を開拓することだって可能となるかもしれません。

同族経営は、長所はかなり少なく短所が目立ちます。

極論を申し上げますと、今まで「運」良く経営が続いた、立派なものです。

近頃ではもう、男性が使っている「常識」と言われていたところの「ネクタイ」でさえ、時代遅れという企業も多いと聞きます。

もうここら辺で、新しい「血液」を注いで近代に合わせた企業に立ち返りませんか。

同族経営の会社のお話のついでに、恥を忍んで私自身の大失敗の例を申し上げ、皆さんのご参考の一つとしてお聞き下さい。

営業経験こそ長い私事で、営業上にて知り合ったある同族経営の中小企業の社長が急死し、困り果てたその会社は私に相談を持ちかけられ、それがなんと「あなたに社長を引き受けてくれませんか」という依頼があったのです。

私は可否を決めるためその企業を訪問、やはり思った通り普通見かけるような「同族経営」企業でした。

従業員は三十名程度、そのために私の提案として「私なりの改革をするが、それでも良いのか」との話に対して「全面的に協力します」との回答を得たので長年勤務した会社を辞して、従業員全員に対して「私も改めて全力を尽くして取り組む」と宣言したのですが、その場で失敗したのは、その際、初歩的なミス「契約書」を交わさなかったことです。

そして一ヶ月も過ぎないうちに早速私としての試案「会社の改革案」なるものを提示したところ、同族の一人からあれこれ何かと指図をされ、私はさらに数々の提案を従業員も交えて提示したのですが、その原案に対して検討もせず、あるいは妨害さえされるので、私は「私は何の役割でこの会社に来たのか」と従業員にも同族の人たちにも数々申し上げたのですが、ついに、議論百出、同族の皆さんから返ってきた答えは、なんと「今まで通りなんとかやってきたので、そのままの方が安心です」との話になってしまったのです。

そこで私は一大決心をしました。

「それなら私がこの会社の社長として会社を発展するために来た価値がありま

せん。かなり言い過ぎかもしれませんが、このままでは近いうちに会社は行き詰まって最悪の結果となるのは目に見えています。

せっかく会社を良くするためだけを目標にやってきましたが、もうお招きいただいたことに頓挫《とんざ》したわけで、もうこの件に関して未練はありませんので、この場にて辞職致します」と皆さんの前で、私の一方的なものでしたが、その日のうちに社長を返上致しました。

本来であれば、その場でもっと頑張って、なんとしてでも会社を盛り上げようと皆を説得すれば、あるいはもっと違う結論になっていたかもしれないとは思いますが、なにしろ同族経営で長い年月ナアナアの感じで、なんとか細々ながら大きな赤字決算にもならず経営が成り立っていたので、今までに敷かれたレールを走る方が安全だとする従業員の声も耳に入り、所詮、社長として苦労しても、同族企業はいつまで経ってもやはり依然として中小企業の域を出ない、こんな風では会社の発展はおろか衰退の一途となることを実感したものです。

この会社を引き受ける際に「契約書」さえ交わさなかった私の落ち度も、私自身の反省材料として勉強になりました。

初めての経験も、私のその後の人生には大きな収穫とすることで私の大失敗の例で申し上げたとおりです。

その中小の同族企業を辞職した後によく考えたのですが、戦後あらゆる製造業やサービス業が雨後の筍の如く誕生しましたが、その中でどれほどの会社が生き残ったでしょうか。

大都市はほぼ全て焼失したので、どの会社も多くはほぼ「ゼロ」からの出発ではなかったでしょうか。

そして数年後になりますと、ほんの一握りの会社だけが発展し、やがて中小企業となり、大企業にまで昇りつめるには、いったいどんな「運」が味方したのでしょう。

会社は人材で育つとよく言われました。

新しい技術や発明などと同時に優秀な社員は見逃せません。

今にして思えば、そこには様々な人間ドラマがあったということでしょう。

現状維持という響きは「まずまず会社は大丈夫だ」と感じる方も多いでしょう。

しかしそれは「発展性も無い」とも言えます。私の営業経験から見ますと多くの中小・零細企業の経営は「現状維持」がすべてと思われ、多額の投資は考えず新しい人材の発掘にも及び腰です。なるほどこのような考えで会社経営を続けられるには、それなりの大きな原因が有り、やはり当然の結果で現在が有ることに至るのがよくわかりました。

十、「運」は待っていても来ない

昔から「人生」に「運」は三回あると言い伝えられているのをご存知の方も多いことでしょう。

これはある意味、当たっているかもしれません。

真剣に仕事に取り組んでいるあなたの姿を偶然ある会社の重役の方が見つけ、「この人物は他の人と違う何かを持っている」と見られたとします。

もしかしたらですが現代は転職の時代ともいわれ「ヘッドハンティング」にめぐり合うかも知れません。

なぜかと言えば大きな期待を持ち、就活には何社かを訪問し、めでたく大企業に合格。就職こそしましたが、半年過ぎ、一年も過ぎたが、自分が描いていた理想とはあまりにも違い精神的に合わず、毎日を耐えて仕事をしているようでは人生台ナシです。

ひとまず冷静に自分と向き合い「いったい自分は何をしたいのか」それが特殊な技術や国家資格が必要で、その頭脳を使うか、果ては短期決戦と挑戦で高額な給料が目的で、なんでもヤル気であるかです。これらは一発勝負のような賭けに近いと思われます。

たとえそれが方向的には大変違いますが、じっくりと考え直す方が自分にとって仮にまわり道になっても、それぞれの選択の方が幸せに近づくのではないでしょうか。

毎日を悶々と過ごすのは拷問に等しいではありませんか。

したがって「運」と呼ぶように自らを律して、よく世間の流れる変化に対して良くアンテナを張り見渡してほしいと思います。

毎日をただダラダラと過ごしていては、決して「運」はふり向いてくれません。

何かを見つけるために行動し試していれば、やがて「運」として、向いてくるのではないでしょうか。人生を一生懸命生きて居るだけで、すぐに運が巡ってくるほど甘いものではありません。せめて毎日を努力工夫をこらし、与えられた仕事にも今までのやり方で良いのか真剣に考え、今以上に向上するアイディアを考える人となってほしいのです。

じっと待っているだけでは「運」は向こう側からは絶対に来ないことを申し上げます。

私が昔からおつき合いのある人の実際の話をしますと、その彼は職を転々と変え、なかなか定職につかず、その彼は「中小企業で働くのはいやだ」とか「営業職などムリ」とかで、なかなか落ち着かなかったのですが、ある日久しぶりに会った時、個人経営ながらなんと「小さな工場を建ててサッシ（金属製の窓枠）を片手間ですがつくっている」というのです。

しかし彼は以前から、「営業はムリ」と言っていたので、やはり心配の通り、まだ思うように売れていないとの電話が入りました。

その後もやはり販売不振で工場を閉じたそうです。そんな電話ではありましたが、何か声に張りを強く感じました。

でも今度は、ある精密機械の修理工場で働くことになったとのことで一安心、その時の彼の電話から、本人の性分に合い、これがとても気に入ったとみえ、その話しぶりにも活気がみなぎっていて、私は「今度はいけそうだな」と思い「しっかりやろうね」と言って電話は終わりました。

ところが三年以上にもなっても彼からの電話がなく、心配した私は久しぶりに会うこととなったのですが、意外にも彼は上機嫌ではないですか。

彼は意気揚々と「今度はその精密機械の同じような部品による不具合からくる弱点の多いのに気づき、その機械の故障を排除、元々機械好きな彼なりにシンプルに改造、それを機会にその会社を辞めて、新しく設計した精密機械を自分の工場を復活し製造することにした」と、自信たっぷりと話すのでした。あの転職を繰り返す彼のどこに、そんなエネルギーが隠れていたのでしょう。

私はにわかには信じられませんでした。

彼が生き生きと目を輝かせて居る姿がよくわかる程、身振り手振りをして立て板に水の如く話すので私は「その精密機械の販売はどのようにするのか」と聞くと「今までたびたび修理に行った工場へ第一号機をすでに製造し納入した」と言い切るのでした。

あの変わりようは、まさに努力の上に「運」が向いたとしか言いようがありません。さらに技術力は修理会社時代にしっかりと身につけ、さらに新しいアイディアも追加し進化した精密機械となったもので「今は第二号機を製造中、販売先はもうすでに決まっている」というではありませんか。

今の彼は自信たっぷりです。

確かに彼は昔から機械いじりは好きだとは言っていた。

しかし、中小企業、いや零細企業にとって「精密機械」をつくれるとはいえ、特別に営業もなく、高額な機械など、そう簡単に売れるものではありません。

しかし時代はその精密機械が登場するのを待っていたかのように、ほぼ「営業努力」なしで、人づてにその精密機械は業界間で話題になっていて、その後も引き続き予想以上の受注に彼自身が驚いているほど。

大袈裟でなく、毎月一台は出荷するようになっていくのでした。

世の中捨てたものではありません。

彼の今まで歩んできた経歴など打ち消すほどの成果です。これこそまさに「運と実力」と言っても良いのではないでしょうか。

多くの「精密機械」は、もしもの故障のためのバックアップ機能といって、万が一の故障の時のための補助を重視するあまり、機械はより複雑化、そのためにかえって故障の可能性が高くなります。

彼が製造する精密機械は、それまで何年か故障するところを修理した経験に立ち、今までにはなかったアイディアを駆使して改造し、さらにシンプルさを目差し、仮に故障してもすぐに発見できるように工夫し、その上効率化も図ったためにこの精密機械は販売が伸び、納入先の工場では機械の故障で生産がストップすることなく評判を得て、精密機械の部品には当然、高度な精度を要求されますので、そんな部品づくりは現在、人手をほとんど必要とせず、「CNC機械装置」さらには、日本の最先端技術の優秀な工作機械技術にコンピューター制御で製造する部品は千分の一ミリ単位の高精度に加工仕上がり、それらを組み付けて製造する精密機械はユーザーの希望に応えるものでした。

これは世の中が切望しているものをちょうどタイミングよく市場に提供したのではありますが、そのタイミングが早過ぎてもダメ、遅過ぎればなおダメ、せめて短くて五年先、あるいは長く十年先を見通せば大きなケガもせず、世の中に幸運にも受け入れられれば大ヒット商品となるのですが、それは誰にも見通せるものではありません。有能な経営者の中には「需要があるからつくるものではない、少なくとも経営者は、こちら側から需要を掘り起こすのが真の経営者である」と言われる方もおられます。つまり運は呼び寄せるものと考えられるのです。

まさに彼は、今までになかったシンプルな精密機械を生み出し、偶然にも市場には喜んで受け入れられたもので感心致すところです。

ちなみに彼はあえて「特許申請」をせず、持論は大手メーカーでも特許をすぐに横取りし真似するので、弱小メーカーは次々と新しいアイディアにて常に先端を走らねばならないとして、前回納入した精密機械も基本は一緒だが、シンプルなアイディアは次の精密機械に生かす工夫が大切だとの方針のようです。

つまり一台ずつ機能はアップさせますので、前のものと同じものではないと言い切って、常に先頭を行かねば中小・零細企業は大企業に必ず飲み込まれてしまいます。

今までもそうだったように、この先も同じような運命をたどるのではないでしょうか。

戦後多くの会社がゼロからの出発で途中自然淘汰され、中小企業・大企業に発展成長させた陰には、「運」は呼び寄せるものと考えた経営者による数年先をしっかりと見据えたところが大きいのではないかと思うのです。

十一、「ひらめき」と「思いつき」は違う

最近の話ですが、新素材づくりを目指すある素材化学の会社の例を紹介致しますと「一つの課題」新製品をつくるに当たり、到達点だけを決めた上で新しい製品つくりの目的のため、素材の新しいアイディアを出すように、いくつかの班をつくり、それぞれ別々のチームごとに材料を変えたり、配合を変えたり、温度を変え時間差を変化するなど、各班が競って新製品の為に新しい材料を加えたり減らしたり、試行錯誤の繰り返しの時間を与え、チームごとに競わせることに踏み切りました。

しかしそんな簡単に新しい材料などできません。どの班も物事をつきつめている時、何か不思議にも苦しみに苦しんだ挙句の果てに、突然「ひらめき」という、予想外で説明のしようのない不思議なわからぬ

ことが起こり、それが意外にも新たな材料となるようなことがあります。

そのひらめきの上に新素材が出来上がった物は次に全チームが協力し合い検証するのです。お互いが競い合った結果はチーム全員の喜び、やり甲斐として結束がより向上したのです。

皆さんご存知の京都大学の、ノーベル医学・生理学賞に輝いた「山中伸弥」教授ですが、あの有名な「万能iPS細胞」をつくることに成功した偉い方です。

山中教授は遺伝子を組み換えて、なんとか同じような細胞が連続的に再生できないものかと研究を重ね、あらゆる細胞を無限につくれないかと必死になって考えていましたが、遺伝子と言っても、人間では二万個以上もあり、どれから手をつければ良いのか、あまりにも多い遺伝子の中で、いったいどうすれば良いのか悩んで居る時ある法則を考え、とりあえず二十四個だけを選び出してみてはどうかと「ひらめき」その中から試行錯誤、根気よくいろいろな組み合わせを長年かけてやっと見つけたのが人間の皮膚《ひふ》から、先の選んだ遺伝子のうちの一つを再生させたところ、偶然にもなんと同じ細胞が増殖し、「万能細胞」ができるということを発見したのです。

この細胞を使うことによって何が変わったのかと言いますと、実際の話として例えば「心臓」の具合が悪く正常に動かない時、その細胞の一部を切り出し、万能細胞にて増殖させて、元の心臓に植え込むと、確かに心臓が再生して正常に動き、めでたく完治し、健康体になり退院にまで至るというものです。

そこで他の臓器でも試したところ、同じような方法で手術すれば完全に万能細胞が活発に再生し、治ることが証明されたのです。

それは二〇〇七年のことでした。

将来は人間の体のほとんどの部分が万能iPS細胞（正式名称は人工多機能幹細胞）で増殖再生できると思われ、すでに世界中の多くの病気で苦しんでいる人たちにも手術が施され、日本人として、とても誇りに思います。

山中教授もこの万能iPS細胞の研究中、悩みに悩んで考え抜いた末、ふと、この万能iPS細胞の増殖の方法が「ひらめいた」と答えています。

日本の発明王・豊田佐吉が初めてつくった織機は手づくりの木製でしたが、母親が機織りしているのを見た佐吉は、一人で一台のシャトル式を扱うのは非常に効率が悪いので、一人で三、四台を扱える鉄製の動力織機を日本で初めて発明したのです。しかし佐吉はこれに満足せず、やがて一人で五十台もの自動織機を扱えるように次々と部品を発明開発して改良、これらは機械の動きを見てあれこれ思案し、効率良くするにはどうしたら良いかと考えに考えているうちに、ふと「ひらめいた」ものを感じ、すぐに図面に描き取ったのでしょう。

一九二四年（大正十三年）当時、たった一人で五十台も扱える織機をつくることができる国はありませんでした。

また、先に挙げた第十章『「運」は待っていても来ない』で取り上げた昔からの友人のことで追加して申し上げると、世の中はもうコンピューターなしで精密機械を製造しても通用しません。

常に進化を追い求め、そのアイディアをシンプルにし、かつ高能率を追求し続ける彼の、まるで冗談のような実話を紹介しますと、ある時彼は重要な個所の改良に悩み、苦しみに苦しみ昼となく夜となく考え続けた時、それはトイレの中で「ひらめいた」というのです。

彼はその時、ズボンを穿くのも忘れて工場の中へ走り、すぐにその部品の図面を起こして試しに造って試運転すると、なんと考えていた通りの改良が完了したのでした。

通常、コンピューター制御の精密機械の操作は、どこの誰でもできるというわけではなく、それぞれ精密機械メーカーの方にしばらくの間「講習と実技」の指導を受けるのが普通なのですが、彼が考えた精密機械は彼独特のシンプルさで難しい講習などの必要はなく「誰でもすぐに操作可能にするソフトウェアを内蔵」させたため、経験の少ない社員の人が居る納入先にはとても喜ばれたのです。

彼は次々に新しいアイディアを精密機械に込めた町工場の発明王とでも言いま

しょうか、まったく比較にはなりませんが、あの豊田佐吉も本田宗一郎も、もしかするとこんな風にアイディアを次々と考えられたことでしょう。

単なる「思いつき」ではなく、考えに考え、悩みに悩み抜いた先に「ひらめいた」ものが大きな結果として、あの有名な大企業に成長したのでしょう。

もちろんその中では優秀な取り巻きの優秀な部品工場をはじめ、その後もその精神を後継者に引き続き、現在に至っているのは皆さんご存知の通りです。

十二、先端技術を見つめる

単に先端技術と言いますと主に「半導体技術」と言われるようですが、その他に農業分野にも日本に於いても世界の最先端技術はあり、さらには「医療」「科学」など、まだまだ日本の最先端技術は世界に誇れる分野もあります。

日本には唯一「平和憲法」があり、軍事分野での攻撃兵器の先端技術には大いに制限があり、断じて殺人攻撃はできないことになっています。

しかしそのかわり前に述べた分野での活躍は大いに期待して良いのではないでしょうか。

かつての「昭和」の時代には、半導体を使用した「ゲーム機」「家電」などが世界を席巻したことがありました。

そのうち中国の安い労働力を利用し、世界中の企業が製造の要のノウハウを含む一連の技術ごと現地で大工場を建設して続々と参入、気がついてみると、家電はおろか玩具、家具、雑貨など、日本は「高機能」を目指し、反対に中国は日本の高性能精密な機械を利用して「単機能低価格」にて、世界各国へ大々的にしかも大量に売り込みました。

もともと日本は中国に技術も図面も材料も部品づくりから組立までも教えていました。当時はそうしないとあらゆる商品が出来ない国なのでした。

いわゆるそっくりそのまま装置プラントを輸出していたのが裏目に出る結果となったのです。

まず半導体の生産高は中国が世界一ですが、その中味はアップル社をはじめアメリカ産業界からの大量注文によるものであり、それは日本製の高精度にして効率の良い半導体製造装置を利用して生産各国の下請産業の面が大きいのですが、生産高としては、国別に見ますと台湾、韓国、つぎに日本となっています。

現在半導体そのものをつくる「半導体製造装置」の製造技術を持っているのは、

世界中で三ヶ国しかなく一位はオランダのＡＳＭＬ社、二位はアメリカのアプライド・マテリアルズ社で、三位が日本の東京エレクトロンとキヤノンですが、半導体の基板に使用するシリコンウェハーの生産高は信越化学と三菱マテリアル社が世界のトップです。

これらの半導体も日本のように「平和目的」に向けてくれれば良いのですが、悲しいかな、軍事目的に使用する諸外国が競い合うのはとても心配です。

この半導体を、例えばドローンなどで遠隔地に荷物を運ぶために改良して「空とぶ車」などに利用されれば良いのですが、戦争目的に大国ばかりでなく近隣諸国でも脅迫的に使用されるのがとても気がかりです。

次に農業関係では、後継者不足からロボットやＡＩの技術による「超省力高品質生産」のスマート農業が最先端技術ですが、近年まで長年培ってきた「アナログ式」技術も決して無視はできません。悪い例を申し上げると「ぶどう」のシャインマスカットは、日本が十数年前に苦労に苦労を重ねながら開発したものですが、ある時、貿易商を通じ中国から大量の新しいぶどう「シャインマスカット」の苗木の注文があり、日本は何の疑いもなく輸出したのでした。

それまでそのシャインマスカットの主な輸出先の香港では大変においしいとのことで大いに好評を受け、大量にしかも高価格で販売していたのですが、ある年から輸出が「ゼロ」になる事態が起こり、不思議に思った日本の輸出業者が詳しく調べたところ、そのシャインマスカットは、中国から香港へ、日本の価格の半額で、しかも大量に輸出していたのでした。

それはかって日本からシャインマスカットの苗木を大量に売っていた結果が、とんだ大失策であったのでした。

先日テレビを見ていたら、香港の青果店の店頭には大量の中国製シャインマスカットが並べられており、日本からの輸出が「ゼロ」になった原因がはっきりとわかったというわけです。

日本では「知的財産権」をもっと強調すべきではないでしょうかと私は思うと

ころです。

農業の明るい話題では、甘味も多い柿が新品種として注目され、これは「紀州てまり」と名付けられ、早生にて果実も大きく将来有望な柿です。これらはシャインマスカットの二の舞にならぬよう早く「意匠登録」するなり、苗木自体の輸出が出来なくなるような対策が必要です。

また桃は最近、小牧市の山田利宏さんが開発した大玉で皮が黄色の「こまきゴールド」として新しく出荷が始まりました。これもまた、シャインマスカットの二の舞いとならぬよう先に述べたような対策が望まれます。

さらに続けますが医療用ロボットは国産製造会社の「川崎重工」が「火の鳥」を完成させ、もうすでに三十台以上が主要医療機関で活躍し、操作方法は機械とは離れたところで、立体画像を見て医師が手術を行います。

それだけにこの「火の鳥」さえあれば、たいていの手術が遠方の患者に実施が可能です。

さて次は世界一を誇るコンピューターは、富士通と理化学研究所が共同開発したスーパーコンピューター「富岳」です。

この種のスーパーコンピューターはアメリカやドイツでも開発しましたが、日本の「富岳」は八年間連続で栄《は》えある世界一位の記録を持っています。

なお、これ以上の性能を目指す次世代の「量子コンピューター」は超電導方式が主流ですが、二〇二四年度からは日立製作所・富士通・ＮＥＣ・浜松ホトニクスなど十社が日本政府主導で新会社を設立することになり、まず二〇二六年度中には、試作機を目指すことになりましたが、二〇三〇年頃には完成するであろうと言われております。

以前からＡＩが最先端技術とされていましたが、今では会話も数学の計算なども朝メシ前の「生成ＡＩ」が登場しました。まさに「何でも有り」と言え、使用方法によってとんでもないことが起きてしまう代物です。

これは画像入力すると本人そっくりの偽人間をつくり、会話もできるという未知数のもので、人間の頭脳をはるかに超えると言われ、人工頭脳はもう大学生などの論文作成や、これ以上に影響するのは「映画産業」「作家」「シナリオライター」さらに心配なのはとんでもない犯罪を起こすことや、悪くするとフェイク動画を拡散する選挙妨害などはもうすでに実際に起こっています。

仮に生成ＡＩが誤った指示などをすると「核兵器ミサイルの発射」等々もう待ったなし、とりかえしのつかない事態が予想されますので、できるだけ早く「人工知能」の進化に世界各国が協力して、対応を決める必要があるのではないかと思います。

世界に誇れる日本の技術をもう少し挙げましょう。

身近なところで日本の新幹線は開業以来、一人の死者も出していない安全安心な乗り物です。

さらには発車と到着の時刻が正確であること、そして世界中が考えてもみなかった驚きの作品「温水の出る洗浄便座」、そして未だに世界中で手軽で誰でも食べやすく、かつ保存食としても利用されている「カップラーメン」は、日本ならではの発想から生まれたのではないでしょうか。

この頃盛んに話題となっている仮想現実ＶＲ技術の活用、光学式文字認識技術ＯＣＲつまり、例えば日本語ができない外国人がチケットの購入時、質問すると、即座に「英語、フランス語、韓国語」などをそれぞれの国の文字で案内され、とても便利なものがすでに少しではありますが、ＪＲや観光地等で採用されています。

表題の「運」からは少し離れますが、現在日本の世界最先端の技術を最後に紹介しますと、もうすでに一部で採用、実用化している「曲がる太陽光発電パネル」です。

これは今までの常識から大きく異なり「しなやかに曲がる太陽電池ペロブスカイト型太陽電池」です。

これを開発したのは桐蔭横浜大学の宮坂力特任教授で、もともと富士写真フイルムに就職して研究していたのですが、後に大学教授に転職、当時は予算も少なく大変苦労した中で、大学院生と研究中に未完成のペロブスカイトに光を当ててみたところ電気が流れたので、これはもしかしていけるのではないかとひらめき、早速論文を発表したのですが、それ以降も数々の改良を加え発電効率も向上、そこへ積水化学が興味を示し、実験的ではありましたがＪＲ西日本の大阪駅再開発事業で屋外の外壁に使うと計画したのです。

このペロブスカイトに注目したのがトヨタ自動車グループ企業のアイシンで、早くも試作ラインをつくり稼働させるまでになったのです。

もともと太陽電池の原料が「シリコン」で、主な産地が中国です。すべてその原料は中国からの輸入に頼っていたのですが、このペロブスカイトは原料が「ヨウ素材」なのでこの資源は日本に大量にあるので入手が簡単、今後はさらに改良して発電効率を上げることと、シリコン製よりも安価にて製造できれば使用用途は限りなく多いのです。

今後はブラインド、壁面、車の外装、もちろん住宅の屋根にも使えます。強敵は太陽光パネルのシェアが世界の六〇%を占める中国が、必死になってこのペロブスカイトの研究を早めようと、すでに日本へ接近しているようです。その理由はとにかく何が何でも日本の技術が欲しくてたまらないのです。

なにせ中国としては、シリコン製の太陽光パネルが世界から締め出されては国家的損失になるからです。習近平は中国からの輸出の三本柱の一つに太陽光パネルの重要性を発表しているので、今後とも中国政府の出方を注意深く見守ることが求められます。

十三、金の亡者は金で滅びる

我々が生きてゆくのに最低限度のお金が必要なことは、もちろんわかっています。

時折「自給自足の生活をしてみたい」とテレビ番組などで紹介されていますが、この日本に住む限り「完全自給自足の生活」などほぼ無理、試しに無人島生活のテレビ番組を観ていてもその姿を映像で見ますと、挑戦した全員がギブアップしています。

衣、食、住は、この平和な生活を体験、便利さや運動能力から見ても、生まれてから今まで何不自由なく育った現代人は、恐らく数ヶ月で何らなすすべなくこの挑戦は終わるでしょう。

そんな例から現実問題、私の知るところ「お金とお金を動かして成り立っている会社」、銀行や証券会社など、これらは正当な「金融機関」として認めるところですが、世間には得体の知れないようなものを扱っている会社もあります。

どんな手段を使っても「金儲け」に結びつけるのはいかがなものでしょう。例えば、二束三文のようなものを扱い、それを言葉巧みに高値で売りつける、そんな人も世間にはよくおります。

よく例に挙げられるのが「骨董品」など、お金が余っておられる方はまだ良いとして、毎日の生活が、あまり余裕のない人、そんな方に限って「骨董品」の本当の値打ちもあまりわからず、お店の言い分のみを信じて買われるのはどうかと思うのです。私のまわりには案外そのような方が多いです。

「俺にも運が向いてきた」と少しばかりのお金が入った時、高価な骨董品を人に言われるがまま購入すると、それは案外、大した値打ちもない代物で、大切なお金を失ってしまう。

それとは反対に、収入もそこそこなのに、毎日の食事さえ節約とばかり必要以上に惜しむ、極端にお金だけを貯めようとする人も見受けられますが、健康管理上とても悪いことで、そんなにまでして、身を削ってまでも、お金だけは大切と、これも「金の亡者」といえます。

適度な運動と適度な食事さえすれば、体力維持、抵抗力もつき、何よりの健康管理上良いのではないかと思い、そんな無理してまで食事を切り詰めると、結果的に不健康となりその果ては、最悪の時は、「病院行き」とはなりはしないかと、かえって余計な出費となるでしょう。

また、一部で「魔物」と言われている政府が認める「公営競馬」や競輪、ボートレースなど、ほどほどに遊ぶ分には悪いとは言いませんが、これらに「沈没」してしまわないように思うところです。

かく言う私は、決して見本とは言いませんが、働いていた頃はやむを得ず、会社人間として自分のペースでの生活はムリでしたが、リタイアした現在の生活をお話ししますと、主に食事と運動そして睡眠を心掛け、それが良いとか悪いとかではなく、自分自身で計画ができ、夜は早く床につき、朝は早く起き、私の趣味と言える「花」の栽培をし、毎朝の水やり、終わると近所を一回り散歩するサイクル、そのおかげか、今のところなんとか健康を維持しているところで、「金の亡者」には程遠い人生です。

一昔前のお話ですか「金《きん》」の投資をする友人がおり、それが「金《きん》を預かり、その代わり高い利息を毎月配分する」との話に乗っかり、約束通り初めのうちは毎月高い利息が支払われ、これはもしかしてうまくいけるのではないかと思ってしまい、その「金《きん》」の投資を大幅に増やし、老後の資金まで投資したところまた高額の利息が入ったのですが、あまりにも条件が良過ぎるのではないかとある時気づき「今までの金《きん》の預けた分の解約」を申し込んだが相手の方から「金《きん》はこの先もっと価値が上がる」と言われ応じてもらえず、その後は高利息を毎月入金してきたので安心していたところ、ある月から、突然利息の入金が止まり、心配して電話を入れると、「大丈夫です来月より間違いなく利息を支払いますから」

と言われ、ひとまず安心したところ、テレビで突然「金《きん》の預かり商法が倒産」とのことにびっくり、すぐに電話をすると、もう投資先の会社にはつながらないばかりか、翌朝の新聞に「金《きん》の取引商法、負債額、数百億円。

金《きん》などの運用はしておらず自転車操業」状態にて倒産と大々的に報道されたのです。

考えてみれば「金《きん》が金《きん》を生み、高利息が成立するわけはあり得ません」との結論に友人はガックリ。

有り金全部と土地を担保に借金までしていたのです。

この例はご年輩の方なら多分ご存知かと思いますが、この金《きん》預かり商法の社長宅に債権者が押し入り、お金の返却どころか刃物で殺されてしまう、とんでもない殺人事件となる結末で、この負債は債権者にとって、ほんの少額が返金されただけのとても後味のわるい「金の亡者同士」の痛い話題となったのでした。

世の中に甘い儲け話など絶対にありません。

一般の人たちは、日々、つましく努力して働くしか方法はないものと決めるのが賢明でしょう。

この本のタイトル『人の一生は「運」が八割』について、「俺は金の亡者」ではなく、善良な投資者の一人であって、決して多くの利息を求めたものではないとおっしゃる方もおられるでしょう。

私の偏見もあろうとは思いますが、うま過ぎる「投資話や詐欺」に引き込まれた方は、その心の底に、少しでしょうが、金の亡者の芽がその人の眼を狂わせていたのかもしれません。

十四、今の時代だからこそやるべきこと

近代中小企業の社長にはワンマンな経営者がまだまだ多いと言われます。「オレの会社だ」との意識が強く、それはそれで良かった時期はたしかにありました。

会社が順調に成長していた時はそれでも結構ですが、近頃の「ハイテク時代化」による急速スピードには、老齢の経営者は容易にはついていけず、とにかく「デジタル機械の導入」時には初めから馴染めず、社長の責任として徐々に業績悪化とでもなりますと、今まで誰の意見にも耳を貸さなかった社長が自分自身の考え方では、その世の中のスピード変化はとうてい手に負えなくなり、困り果てた末に突然なりふり構わず心変わりし「会社はみんなのものだ、今のままではいかん、なんとか智恵を出し合って良い会社になるように、良いアイディアをどん

どん提案してほしい」と言い放ち、とうとう白旗を掲げる経営者が増えました。

「良いアイディアには多額の賞金を出す」とまで言い出す始末。

そんな会社に限って、過去には勇気を持って積極的に発言し提案してきた社員などには冷たく扱い「社長に対して生意気で反抗的なヤツ」と決めつけ、悪い例では「窓際族」に追いやり、さらには「退職させる」などをしていたことは想像に難くないのです。

会社が行き詰まってから自分だけではどうしようもなくなり、ついに気がついたのではすでに遅きに失するというものです。

中小企業ばかりでなく現在の大企業の経営者の中に於いても同様なことが起こっているのに、経営者の資格を疑われるような事案も散見されます。

未だに社長を取り巻く取締役をはじめ重役陣までも、いわゆるイエスマンで固めて、今の急激な社会のＩＴ化や時代的価値が多種多様になるのになかなか気づかずにいて保身のことばかりに気を入れ過ぎると会社の未来は絶望的となってしまいます。そのようなことにならないように時代的価値を生み出すべく、これらのことを若者の持つ強力なエネルギーによって会社の風通しを良くし、経営者は良い環境を整え、さらには次の世代を考え能力のある後継者を育てることです。古き良き時代はもう捨て去り、意欲ある若者を育てるのは経営者の第一の責任と義務とでも言えます。

今からでも決して遅くはありません。

私は出任せのデタラメを申し上げているのではありません。

今まで多くの中小企業や大企業の経営者などとの持っている、固定観念の方、それと反対にいつでも五～六年先の企業のあり方を考えられておられる経営者を見てまいりました。

はっきりと言えることは、社長も新入社員も同じ舟に乗り、毎日必死になってそれぞれの役割分担を果たす使命感を持つことが最重要と思うからです。

それらの対策を考えているうちに、次第に運が向いてくるのではないかと思うのです。

お話を先へ戻しましょう。

経営者の創業精神はどのような気持ちであったのでしょうか。

なかには初めから一発当てようと「金儲け」を企んだ方もいるでしょうが、多くの場合は数年間、技術や知識を一応身につける中で勇気を持って一会社員ではストレスばかりが溜まり、新規に自分がどこまでやれるのかどうかを試す例や、一昔前までは「のれん分け」制度を利用する例がありましたが、多くは「第二次世界大戦」の大混乱期が一段落した頃に、「雨後の筍」のように多種雑多の企業が立ち上がり、自然淘汰され生き延びた結果大企業となり、または中小企業として存在しているのですが、その創業精神が社会貢献し、受け継がれているでしょうか。

この会社が成長し続けられたのは、戦後、日本の急速な経済発展に依るところの偶然性も否定できないのも事実ではないでしょうか。

それは急速な欧米化と、特筆すべきは急速なる「モータリゼーション」もあり、戦争直後に現在のような都市の姿を描き見抜いた人など、恐らく皆無と言って良いでしょう。

そんなことを心に思っていない経営者は「会社が順調に業績を伸ばしたのは、オレの先見の明だ」と言ってのけ、自分の能力を過大評価した結果、自ずとワンマンになってしまっているのに気づかないのです。

別の項目に「三井不動産の社長江戸英雄氏」のことを書きました。

この会社は今から三五〇年も前の「呉服店」が始まりでしたが、その後、不動産部としての「三井合名会社」をルーツにします。

この会社は創業以来決済を「現金掛け値なし」とし貫き通しました。

当時は「掛け売り」が当たり前でしたから、この現金商売という商法は画期的なやり方で、掛け売りでは売掛金の踏み倒しで破産する店も多かったようで、一見強気の商売と思われますが、代金回収の心配がなくなり、そのリスク分を初めから値引きするわけで、説明さえすればなるほどと納得もできます。

三井不動産は東京をはじめ全国主要都市は焼け野原で、日本自体が果たして今後どんな風になるのか先の見通しなどまったく見越せない大混乱の時代に十年先、二十年先を「運に賭けた」面もあったでしょうが、当時の首脳陣は苦渋の選択を迫られました。

営業職員などの地道な努力に支えられながら、またさらに大変な苦境の時代もあったと思われますが、創業の精神を社員全員が理解し努力した結果、不動産部内でのランキングでは令和の時代になっても日本一の業績を上げています。

もちろん現金取引が容易ではない職種があることもよく理解はできますが、売掛金の回収につきましては常に神経を使い、何か不自然な動きの時は注意が必要です。

「企業は人なり」とは口先ではよく言いますが、中小企業だけにとどまらず、大企業に於いても最低限度の規則「労働基準法」さえも法規破りがあるのは多くの人が認めるところです。

昨日までは当たり前に流通していたものが翌日にはもう時代遅れになることなど日常茶飯事です。

特に先端技術を取り入れて採算性をアップすることも重要で、従来車の製造ラインは同一車種を次々と組み立てるのが普通でしたが、今では七種類もの異なる車種を一列のコンベアライン上で、流れ作業でやってのけているのです。

以前からの考え方では想像もつかないことが今では普通に実施され、組み立てられているのです。

将来は同じコンベアライン上で十一種類の車種を組み立てると言います。

つまりガソリン車、電気自動車とハイブリッド車などを一列のコンベアライン上に並べて組み立てるというのです。

そんなわけで今だからやらねば、どの企業も今後生き残れないのは明白です。

新しい発想、常識を超えた「素材」の開発や最新鋭な技術革新など、日本は世界でも通用する人材は豊富にあり、これら優秀な人材を活用しない手はないと思うのです。

十五、災害列島日本に住む「運」

「二〇二四年一月一日能登半島地震」

お正月のお祝いの真っ最中に「突然能登半島大地震」と大津波の被害が茶の間に緊急テレビニュースで報じられましたが、近隣地域でも激しい揺れを感じ、恐怖を味わわされた人々も大変多かったでしょう。

震源は能登半島の「珠洲市の付近」とされ、最大震度は、なんと今までの地震でも最大の「震度7」を記録、これでは築後四十年以上の古い木造建築は耐え切れずひとたまりもありません。

即座に報道された映像は目を覆うばかりで、家屋の倒壊、土砂崩れはもとより、四メートル以上の大津波を受けたうえ、岸壁に停められていた大型船も陸上奥深くで転覆さらには液状化の被害とともに今回は高さ二メートルもの地面の隆起が起こって港が隆起したため、漁船が砂地の上に取り残されて海に出られません。一部地域の隆起は四メートルの個所も有り大変な地震災害だったのです。

それとは別の地域では地盤沈下と大規模な土砂崩れが能登半島全域に及び、ある集落では全戸数のうち実に九割が家屋倒壊してしまいました。

これらの地域には「原子力発電所」も多く建設されていて、地震による停電で「炉心冷却装置」が一時停止してしまうという危険な状態が起き、あらためて地震や津波に弱い原子力発電所の怖さを感じた国民も多かったのではないかと同時に、能登半島に住まれている人たちは、周辺の道路が狭く土砂崩れのため、住民の人達は逃げ場さえなくなり、原子力発電所の怖さをより深く感じたのではないでしょうか。

もとより日本は災害列島と以前にも述べましたが、今回の能登半島地震の被災者の人たちには非常に申し上げにくいのですが、日本に住む以上どの地域に住んでも日本中に安全なところはありません。

今回もまさに「悪運」がなせるもので、たまたま住んでいるところでお気の毒と思うのと同時に、反面「運」のなせるもので、いつかまた同じようなことがどこの地域に襲いかかるかは「神」のみぞ知るところで、災害は「豪雨災害」「台風災害」、また地域によりましては「豪雪災害」等々、災害を列挙しますとキリがないほどです。

もちろん災害を少しでも防ごうと長年かけて全国各地で防災対策は講じてはいますが、それでもこれらの災害は現段階ではまだまだいつ、どこでと言う予測がとても難しいようで、地震などは一瞬にして起こり、ひとたまりもなく崩れ去り、それが道路を塞ぎ、地域によっては陸の孤島となり、災害発生とともにすぐに物資不足となり、こんな時、頼みの綱の病院さえも同じように被害を受けたりしますので、薬不足や特に透析患者などは死に直面し途方に暮れてしまいます。

現代では幸いにも物資はヘリコプターや稀にドローンを使い、また自衛隊など県の要請にて出動されてなんとか急場だけはわずかながらしのげますが、災害は待ってはくれません。次々と襲ってきます。

そのたびに人々を苦しみのドン底に突き落とし、容赦しません。

日本の場合「太平洋プレート」「フィリピンプレート」「ユーラシアプレート」「北米プレート」の四枚のプレートが相殺しながら常に移動し続け、それらの境界付近が「日本海溝相模トラフ、南海トラフ」となっています。

ただプレートと言っても「陸上のプレート」と「海底の海洋プレート」があり、これらが循環と形を変えて、それぞれが不規則にゆっくりと動いていわゆる「地震の巣」を形成していますので、日本ではかなりの数の地震計を各地域の陸地から海底まで設置監視し続けてはいますが、今回の能登半島地震ではその地震計さえも壊すほど強力で、現段階では地震の予知と言ってもまだまだ未知の部分が多く、ところどころで発生する「微小地震」のデータを解析しながら、その危険度などを想定するまでしかできていないのが実情です。

能登半島では近年微小地震が頻繁に多く発生しており、地震が発生するのではないかと言われていましたが、予想をはるかに超える規模だっただけに、人的にも建築物にも大きな被害が起こりました。

人的被害が多かった要因として、正月休みで都会に住む家族がちょうど郷里に帰り、久しぶりに疲れた心と体を解放し、お酒を飲み、料理を食べて寛いでいたこと、地震には弱い木造建築の家屋が軒並み被害をまともに受けたこと、異常な震度で道路が陥没もしくは隆起して通行不能のところへ輪島の朝市で火災が発生したこと、消防車は通るに通れず、当然初期消火が間に合わず、約二百戸が焼失したことなどがあり、その中でも身動きが取れずに不運が重なって最悪の大惨事となってしまったのです。

また海岸ではこれも予想をはるかに超え、入江などでは二メートルとも、所によっては四メートルもの高さの津波が襲い、多くの家が流されたのをはじめ大津波は大型の船が陸地奥深くまで押し流されて、なかには横倒しになるなど、もう手の施しようのないほどの状態となったのです。

あらためて自然の脅威を思い知らされた私たちは、これから自然とどう向き合ったらよいのか、わずかな力にしかならないとは思いますが、被害を最小限に防ぐ努力でしかないであろう、ほんの少しの耐震化対策を立てるしかありません。人間ごとき小さな存在に自然と立ち向かうなど軽々しく言えるものではないという無念の気持ちと、自然の災害とはいえ、今年初めの大惨事を実感すると、ただケタはずれの猛威にはあきれ返って見るしかありません。

生き残った私たちは他人事と思わず、日本にこれからも住み続けることは常に災害と背中合わせであること、そしてまた「運」が大きくものを言うことを認識し、このたびはっきりとわかったこととして、自然にはなんら為す術のないはかなさを、身を以て普段から「覚悟」して生きていかなければならないと思うのです。

この災害の教訓として災害の中でも地球上に住む人間同士が協力さえすれば、唯一防ぎ得る「自然災害」があります。

それは「地球温暖化」です。

国連の事務総長グテーレス氏に「二〇二三年にはもう地球は『沸騰化』している次元だ」と言わせるほど近頃の気象は大きく変化してしまっています。これは人間が自然のコントロールを崩してしまうほど自然を悪化させたのだということです。

この原因の一つは「二酸化炭素」の排出過剰によるもので、一番わかりやすいのは経済大国のみならず中小国も含めて「二酸化炭素」を限りなく「ゼロ」にすれば、時間はかかりますが、少なくとも「地球の異常気象」は大幅に減少することはすでに実験上証明されているのです。

近年起こっている「山火事」「大洪水」「大旱魃」などについても、人間にはこれらを防ぐ能力はあると信じます。

したがって人間の知恵が原因の自然災害には、人間の責任として対策に取り組まなければなりません。

これらを放置し続けるのなら、人間にとってとても悲しむべき災害に苦しみ続けることになるのでしょう。とても悲しむべきことです。

終わりに

私の八十余年の生き様から得た少ない知識ですが、自分なりの見方、経験、実話など、なかには私自身の失敗した例なども取り上げまして、それなりに「反省」も含め、今、活躍中の現役バリバリに働いておられる皆様方に生意気なことも書きましたが、この中で何か一つでも、この先に皆さんの生活や仕事にご参考の一助にでもなれば、この上ない幸せでございます。

どうか今後ともご健闘されることをお祈りして、終わりの言葉とさせていただきます。

また最後までお読み下さり厚く御礼を申し上げます。

【附　録】

私の人生を振り返ってみて、この本の「まとめ」のような形として列挙してみました。

一、あらゆる面で何か新しいものを開発するのにはたいていの場合九九％まで失敗を繰り返すのは覚悟のうち、その一％でも、なんとか成功のヒントになれば良しとせねばならないと思います。

二、どのようなことでも常に挑戦し続けるのが肝要で、失敗を恐れるあまり何もしなくなった時は、すでにその企業は他の企業に敗れ去ってしまうのは、世の常であることを忘れてはなりません。

三、よく世間では努力を続けていればいつかは報われると言いますが、現実は必ずしも夢は実現するとは限りません。見返りを求めての努力は決して夢として叶わずじまいが多く、それは幻想でしかありません。

四、「会社」と言ってもそのものの「正体」はなく、いわんや社長の個人的な所有物ではありませんし、部長や課長はもちろんのこと、社員全員が負うものであって成り立ち、したがって社長とか部長と言っても、それは単に「命令系統」として、はっきりとさせるためだけの「記号」くらいのものに過ぎないと思います。

五、自由社会の中で生きる私たちは時として、激しい嵐の中をなんとか工夫しながら生きるのが常であって、その見返りが新しい発明や発見でも生まれ、大事なことは隠された能力や、もともと持っていた才能をも自由に発揮できて、世間にその評価を広く訴えられる場も自由に選ぶことが未来の発展につながるものです。

六、個人でも企業でも開発や研究を重ねている時には、必ず大きな高い壁や理屈だけではありえないと思われる大問題が起こりがちで、それらを乗り越えてこそ苦しみ抜いた中で「ひらめき」の知恵が生まれ、なかにはそれが、偉大なる世界的な発明や発見に結びつくことが意外と多いと思います。

七、苦しみに苦しみ抜いた末に良いアイディアが浮かぶことがあります。苦労した分その人のみに与えられた特典みたいなものです。

八、どんなことでも最初から「苦しむ」方向を向いて、それを乗り越えたならば成功間違いなし。今や楽な道、つまり他人からの真似をして楽に物事を過ごすと、後々になってから必ずその「ツケ」を払わされ、以前にも増して苦労を味わうことになります。

九、今、何か大きな需要があるからと言って、その流れに簡単に乗っていては何の進歩もありません。自分の方から積極的に新しいことを掘り起こし、自ら世間に需要を呼び込む努力もして、常に五年先それ以降も見つめることが重要です。

十、会社や個人が一度大失敗をしても、そこから必死に這い上がってきた者なら、その会社、個人は必ず信用できるものと世間は評価して下さいます。

十一、日本人の悪い癖《くせ》の一つに「肩書きに弱い」ところがありますが、これはいかがなものでしょうか。「名刺」を交換したとたんに「肩書き」を見て突然態度が変わる例や、外見だけで人を見下げること、またうまい話術にも多くの人はだまされやすい。かっぷくの良い体に高そうなスーツ姿の人は、割と見ただけで「偉い人」と思ってはいませんか。私の浅はかな経験値かもしれませんが、少しは心の奥底に留めておいて下されば幸いです。

著者プロフィール

鈴木 陽（すずき あきら）

1941（昭和16）年静岡県生まれ
県立引佐高校卒業
機械、工具商社に勤務後
段ボール機械専門販売会社を創業
経営不振の段ボール会社の再建に成功

著書に文芸社より
『藺草《イグサ》と機械と闘病と』2018年
『七つの子』2019年
『営業マンの履歴書　あなたの努力次第で営業人生が変えられる』2020年
『思わずクラシックを聴きたくなる雑学書　クラシックをやさしく解説』2022年
がある。

人の一生は「運」が八割　残る二割は「偶然」と「実力」

2024年7月15日　初版第1刷発行

著　者　鈴木 陽
発行者　瓜谷 綱延
発行所　株式会社文芸社
〒160-0022　東京都新宿区新宿1－10－1
電話　03-5369-3060（代表）
03-5369-2299（販売）

印刷所　図書印刷株式会社

ISBN978-4-286-25521-7